Friedrich Gerstäcker

Der Kunstreiter

Friedrich Gerstäcker

Der Kunstreiter

ISBN/EAN: 9783742813510

Hergestellt in Europa, USA, Kanada, Australien, Japan

Cover: Foto ©Andreas Hilbeck / pixelio.de

Manufactured and distributed by brebook publishing software
(www.brebook.com)

Friedrich Gerstäcker

Der Kunstreiter

Der Kunstreiter.

Erzählung

von

Friedrich Gerstäcker.

Der Verfasser behält sich die Uebersetzung dieses Werkes vor.

Erster Band.

.

—⁓◦⟨⟩◦⁓—

Leipzig,
Hermann Costenoble.
1861.

1.

Auf der Hauptpromenade der Residenzstadt *** herrschte heute, bei dem außerordentlich freund= lichen und warmen Wetter, reges Leben. Dieser Platz lag am Entferntesten von dem Meßtreiben, das gerade jetzt die übrige Stadt erfüllte, und zahlreiche Equipagen fuhren auf und ab, während das schattige Laub der Park=Anlagen selbst eine Menge Fußgänger angelockt hatte.

Da kam plötzlich eine ganz ungewohnte Be= wegung in die vor wenigen Minuten noch so ruhig Promenirenden. Ein großer Volkshaufe wälzte sich von oben die breite Hauptstraße herab, und die Equipagen drehten um und fuhren aus dem Wege, während die meisten der Fußgänger dem Schwarme ebenfalls auszuweichen suchten.

Zwei junge Damen, von einem Cuirassier= Officier begleitet, blieben unschlüssig stehen und sahen den Weg hinauf.

„Wenn wir zurückgehen," sagte die Aeltere von ihnen, „so verfehlen wir jedenfalls Papa, der gerade in dieser Stunde aus dem Ministerium kommt und wir haben versprochen, ihm bis hieher entgegenzugehen. Was kann das nur sein?"

„Jedenfalls irgend ein Meßzug," erwiederte der Officier; „wenn wir einen Augenblick in der Veranda jenes Kafee's Schutz suchen, wird sich die Menge vorüberwälzen und verlaufen."

Unter der mit allen möglichen Blumen und Pflanzen der Tropenwelt geschmückten Veranda fand sich so nach und nach in gleicher Absicht eine zahlreiche Gesellschaft von Herren und Damen ein, und wie sich dort eine Menge Bekannte trafen, sammelten sich plaudernd und lachend kleine Gruppen.

Unter einem in vollen Blüthen prangenden Granatbaume hatte sich die junge, reizende Comtesse Melanie, die Tochter des Kriegs-Ministers von Ralphen, mit ihrer jüngern Schwester auf ein paar leichten Rohr-Fauteuils niedergelassen. Der Menschenschwarm stockte oben in der Straße, und es dauerte eine Zeit lang, bis er sich wieder in Bewegung setzte.

Die junge Comtesse hielt einen Becher mit Erdbeer-Gefrorenem in den zarten Fingern, nur

langsam dann und wann daran kostend, und ne=
ben ihr, beide Hände auf den zwischen seinen
Knieen stehenden Pallasch gestützt, saß Graf Wolf
von Geyerstein, Rittmeister eines Cuirassier=Regi=
ments in ***'schen Diensten.

Graf Geyerstein stammte aus einer alten nord=
deutschen Familie und war ein deutscher Edelmann
im schönsten Sinne des Wortes. Von ernstem —
für seine Jahre vielleicht zu ernstem — Wesen,
mischte er sich dabei selten oder nie in die leicht=
fertigen Vergnügungen der Cameraden, und wenn
ihn auch Manche für stolz und kalt hielten, schlug
doch ein für alles Gute warmes Herz in seiner
Brust.

In diesem Augenblicke hatte aber die reizende
Plauderin an seiner Seite den Ernst aus den
edlen Zügen gebannt. Das offene dunkle Auge
hing lächelnd an den Lippen der schönen Nach=
barin und lauschte, weniger dem Sinne, als dem
Klange der Worte, die wie das Rauschen eines
murmelnden Waldquells zu ihm drangen.

„Aber nun sagen Sie mir um Gotteswillen,
an was Sie jetzt gedacht haben!" unterbrach sich
da plötzlich Melanie, indem sie ihren kleinen Teller
senkte und sich halb gegen ihren Nachbar wandte.

„Ich, Comtesse?" rief der Graf, halb erschreckt

wie aus einem Traume auffahrend, und er fühlte dabei, daß er erröthete, „wahrhaftig nur an Sie."

„An mich?" sagte die Dame, ungläubig mit dem Kopfe schüttelnd, „und zwei Mal habe ich Sie indeß gefragt, ob Sie den jungen Grafen Selikoff schon gesprochen, ohne daß Sie mir auch nur mit einer Sylbe geantwortet hätten."

„Und doch war ich nur bei Ihnen," entgegnete mit herzlichem Tone der junge Mann. „Zürnen Sie mir nicht, daß ich den Sinn der gleichgültigen Frage dabei überhörte."

„Gleichgültige Frage?" lachte die Comtesse, „und woher wissen Sie, Herr Rittmeister, daß mir die Frage, oder vielmehr deren Beantwortung, gleichgültig war? — „Aber ich sehe, Sie sind heute wieder in einer verzweifelten Stimmung. Man muß erstaunliche Geduld mit Ihnen haben."

„Und nicht wahr, Comtesse, die fehlt Ihnen?" lächelte der Graf.

„Darüber können Sie sich wahrlich nicht beklagen, und ich weiß gar nicht — aber was ist das?" unterbrach sich die junge Dame im nächsten Augenblicke selbst, als jene lärmende, wogende Menschenmenge die Straße herunterdrängte. Einzelne Trompetenstöße wurden dazwischen laut, und der Graf selber horchte erstaunt auf.

„Ach, das ist herrlich!" rief die Comtesse Ro=
salie, Melanie's jüngere Schwester, „das muß die
Kunstreiter= und Seiltänzer=Gesellschaft sein, Mon=
sieur Bertrand mit seiner Truppe, der seine Tour
durch die Residenz macht, sich dem Publicum vor=
zustellen. Letzte Woche hat er auf dem hochge=
spannten Seile getanzt, und diesen Abend wird
die erste Vorstellung in dem erst heute fertig ge=
wordenen Circus sein."

„Du bist ja sehr genau unterrichtet," lächelte
Melanie. „Haben Sie diesen Monsieur Bertrand
schon gesehen, Herr Graf? Er soll in seiner Kunst
ganz Ausgezeichnetes leisten."

„Noch nicht, Comtesse," erwiederte der junge
Mann. „Ich liebe derartige Kunststücke nicht, und
das Seiltanzen vor Allem ist mir das Verhaßteste,
Entwürdigendste für den Menschen."

„Und weßhalb? Gehört nicht ein außergewöhn=
licher Muth dazu, sein Leben in schwindelnder
Höhe auf dem schwanken Seile zu wagen?"

„Es ist das kein Muth mehr, den ich in dem
Manne gewiß ehren würde," erwiederte der Ritt=
meister, „sondern nur eine verzweifelte Tollkühn=
heit, welche Glieder und Leben um wenige Thaler,
oft um Groschen preisgiebt; ja, nicht selten sogar
kaum mehr als feige Furcht, durch Arbeit eine

Existenz erringen zu müssen, die jedenfalls ehren=
voller wäre, als solch ein Dasein."

„Sie urtheilen zu streng."

„Ich glaube kaum. Es ist wenigstens meine
Ueberzeugung."

„Und doch fühlen sich die Menschen glücklich
in ihrem Berufe."

„Das kann ich mir kaum denken," erwiederte
kopfschüttelnd der Graf. „Aeußerlich mag es aller=
dings so scheinen; wer sie aber beobachten könnte,
wenn sie sich unbeachtet wissen, möchte doch wohl
ein anderes Urtheil über sie fällen. Aber da kom=
men sie; ich kann wenigstens die wallenden Federn
eines Barets oder Helms erkennen."

Hunderte von Menschen drängten indessen la=
chend und erzählend vorbei, um mit dem Zuge zu
gehen und den Marsch mit anzuhören, den das
gemiethete Musikcorps blies, während Andere wie=
der stehen blieben, die wunderlich gekleideten Ge=
stalten an sich vorbeipassiren zu lassen So etwas
sahen sie nicht alle Tage.

Und macht es nicht einen gar eigenthümlichen
Eindruck auf den Zuschauer, plötzlich, in dem wirk=
lichen, bestimmt ausgesprochenen Alltagsleben, das
ihn nach allen Seiten umgiebt, und in dem ihn
das geringste Außergewöhnliche schon störte, ja,

selbst im hellen lichten Sonnenschein phantastisch auf=
gepußten und geschminkten Menschen zu begegnen?

Die munteren Schichten der Bevölkerung, mit
den Kindern, freuen sich allerdings darüber. Sie
sehen nur die äußere Hülle, das Flittergold und
die wallenden Federn, die gestickten Wämmser und
bunten Farben. Den Gebildeten überkommt bei
solchem Anblick aber meist immer ein eigenes, un=
behagliches Gefühl — nicht der Bewunderung etwa,
sondern eher des Mitleids mit den Unglücklichen,
die solcher Art, in ihrem glänzenden Elend, äußer=
lich stolz und guter Dinge, doch nur — „an der
menschlichen und bürgerlichen Gesellschaft vorüber
— den Pranger reiten."

Weit anders ist es mit der Bühne. Hier wird
uns ein abgerundetes und in sich fest stehendes
Kunstwerk von Künstlern vorgeführt, und die
phantastischen Trachten, die durch die Coulissen ih=
ren wahren Hintergrund, durch die Lichter ihre
richtige Beleuchtung erhalten, stören uns nicht,
ja, sind sogar nöthig, die Täuschung zu vollenden,
die uns in andere Zeiten, andere Sitten versetzen
soll. Ich rede hier freilich nicht von jener Ent=
weihung der Kunst, dem neu aufgekommenen Unfug
der Sommertheater, die zu den „Kunstreitern"
schon den Uebergang bilden.

— Hier dagegen, wo die Häuser, in denen
wir selber wohnten, den Hintergrund bilden, und
wir in eigener Person, sobald solche abenteuerliche
Gestalten z w i s c h e n uns und aus ihrem Rahmen
heraustreten, Mitspieler in dem Drama werden,
schaut uns der E r n st des Lebens nur so viel
greller aus solchem Spottgebild entgegen.

Aber ähnliche Gedanken erfüllten schwerlich die
Herzen der lärmenden Schaar, die gerade jetzt die
Straße heraufgezogen kam, bis dicht am Café
français vorüber, von wo aus man den bunten
Trupp vollkommen gut übersehen konnte. Wenn
auch das Volk — Arbeiter, Kindermädchen und
Müßiggänger — einen festen Wall an der Seite
bildete, so ragten die berittenen und phantastisch geschmückten Gestalten doch über die Köpfe dieser
hoch hinaus.

Voran ritten dem Zuge zwölf Trompeter in
rothen, abgetragenen und verschossenen, mit unechten Borden besetzten Uniformen, ungeschickte hohe
Tschakos mit rothen und weißen Federbüschen auf
dem Kopfe, und bliesen einen schmetternden Marsch.
Der Zug wollte g e s e h e n werden, und je mehr
Lärm sie deßhalb machten, desto besser.

Unmittelbar hinter diesen folgte der Herr der
Schaar, der berühmte Monsieur Bertrand, in einem

reich besetzten, schwarz-sammtnen Waffenrock, ein
schwarzes Baret auf dem Kopfe, mit wallenden,
schneeweißen Straußenfedern, die von einer mit
jedenfalls unechten Steinen besetzten Agraffe ge=
halten wurden.

Es war eine hohe, männliche Gestalt, mit ed=
len Zügen, so weit sich diese nämlich unter dem
nach vorn gerückten Baret und dem vollen dunklen
Bart erkennen ließen. Ernst und schweigend blickte
der Reiter aber auf den Kopf seines Rappen nie=
der, der unter ihm sprang und tanzte; weder nach
rechts noch links schaute er hinüber, und schien
die ihn umtobende, jauchzende Menge so wenig zu
hören, als ob er allein durch eine Wüste ritte.

Den Gegensatz zu ihm bildete ein wunderschö=
nes Weib an seiner Seite. Eine wahrhaft juno=
nische Gestalt, mit Augen voll Gluth und Leben,
und in feuerfarbene goldgestickte Seide gekleidet,
bändigte sie den wilden Fuchs, den sie ritt, doch
mit der kleinen Hand so kräftig und hielt ihn so
fest im Zügel, daß er seinen Platz innehalten
mußte, er mochte wollen oder nicht. Dabei neigte
sie sich mit holdem Lächeln bald hier, bald da
hinüber, einem oder dem andern der Grüßenden
zu danken, und Nichts entging dem scharfen Blicke
der kühnen Reiterin.

Die Gesellschaft, die bis dahin in der Veranda des Cafee's gesessen, war sämmtlich aufgestanden, den Zug besser übersehen zu können, und Comtesse Melanie sagte jetzt:

„Das ist die sogenannte schöne Georgine, die Frau des Seiltänzers. Sehen Sie nur, Herr Graf, wie sie so keck nach uns herüberschaut."

Ihr Nachbar erwiederte kein Wort, und als sie sich erstaunt nach ihm umwandte, hielt er den Blick fest und starr auf die Gruppe geheftet — ja, es schien ihr fast, als ob alles Blut seine Wangen verlassen hätte.

„Ei, ei, Herr Rittmeister!" flüsterte die schöne Comtesse, während ihr ein Gefühl durch das Herz zuckte, von dem sie sich selber keine Rechenschaft geben konnte oder wollte, „wie mir scheint, haben Sie dort drüben eine alte Bekanntschaft entdeckt."

„Ich glaubte es im Anfange, Comtesse, aber ich habe mich geirrt. Es war nur eine Aehnlichkeit, wie man sie ja so oft im Leben findet."

Wildes Jauchzen und Geschrei, so wie Lachen und Jubeln der Masse übertönte in diesem Augenblicke seine Worte, und hinter dem Zuge, der gerade jetzt vorüber war, kam der Hanswurst der Truppe in buntscheckigem Anzuge, die weiße spitze Filzmütze auf dem Kopf, das Gesicht auf die grellste Weise bemalt, auf einem kleinen Ponny nachgeritten. Auf diesem aber führte er die groteskesten Künste aus: bald stand er auf dem Kopf, bald überschlug er sich, bald war er unten und fuhr mit seiner Pritsche unter die kreischend zurückdrängende Straßenjugend, während er im nächsten Augenblicke wieder rittlings auf seinem Thiere saß, und den Nachspringenden Gesichter schnitt.

Das Volk schrie und jauchzte dabei vor Vergnügen, und selbst die in dem Gedränge mitgehenden Polizeidiener vergaßen für kurze Zeit ihren sonstigen Ernst und lächelten.

Mit dem Hanswurst wogte aber auch der Menschenschwarm vorüber, und wie die Trompeten in weiter Ferne verklangen, nahm die Straße wieder ihren frühern, ruhigen Charakter an.

Ein paar Freundinnen der Comtesse Melanie, die sich ebenfalls vor dem Menschenschwarm hieher geflüchtet hatten, beschäftigten die junge Dame jetzt vollkommen, da es galt, den Besuch der heutigen Vorstellung Monsieur Bertrand's zu bereden. Außerdem ging das sehr interessante Gerücht, das die beiden Damen mitbrachten, der tollkühne Mensch habe sich erboten, zwischen den Thürmen der Katharinenkirche ein Seil zu spannen und dort oben seine Künste zu zeigen. Der Magistrat hätte es aber bis jetzt noch nicht gestattet, und man glaubte, er wolle sich deßhalb an den Fürsten selber wenden.

Der Kriegs-Minister von Ralphen, der versprochen hatte, seinen Töchtern hier zu begegnen, kam jetzt ebenfalls die Straße herunter und ging, als er den Rittmeister von Geyerstein erkannte, auf ihn zu, ihn zu begrüßen.

„Ach, Papa," bat die Comtesse Rosalie, die sich schmeichelnd an seinen Arm hängte, „heute Abend ist die erste Vorstellung Monsieur Bertrand's im Circus, und es soll so hübsch werden. Dürfen wir hin?"

„Recht gern, mein liebes Kind," sagte der alte Herr freundlich, indem er ihre Stirn streichelte, „und Deine Mutter wird Euch gewiß begleiten. Ich selber bin leider durch eine Sitzung verhindert, die meine Zeit wenigstens bis neun Uhr in Anspruch nimmt, und doch möchte ich Euch nicht gern ohne männlichen Schutz an solchem Platze wissen."

„Oh, dann begleitet uns Graf Geyerstein," rief die lebhafte Rosalie, halb bittend, halb fragend zu dem Rittmeister aufschauend. „Ich habe überdies ein Vielliebchen von ihm gewonnen, das er noch einlösen muß, und setze es jetzt zum Pfande."

„Sie sind zu gnädig, Comtesse," lächelte mit einer leichten Verbeugung der junge Mann, „mir eine

solche Ehre als Buße aufzuerlegen. Ich stehe na=
türlich den Damen mit Vergnügen zu Diensten —
wenn Excellenz es gestatten."

„Ich bin Ihnen dankbar dafür, lieber Geyer=
stein," nickte ihm der alte Herr zu, „und da es gerade
mit der Zeit zusammentrifft, so speisen Sie heute
Mittag bei uns, und fahren dann mit den Da=
men nach dem Diner hinüber in den Circus. Das
wäre also abgemacht, Kinder, und da sich die Menge
jetzt verlaufen hat, denk' ich, wir gehen nach Hause.
Es ist spät geworden, und Eure Mutter wird Euch
erwarten."

2.

Mitten auf dem breiten Landgrafen=Platz stand eine mächtige, runde breterne Bude, von deren spitzer Zinne die französische Tricolore wehte. Das Innere derselben war übrigens geschmackvoll de= corirt und mit Gas erleuchtet, und an der Kasse für den ersten und zweiten Platz saß ein bild= hübsches junges Mädchen, die Billete auszugeben. — Nur etwas zu hell fiel das Gaslicht auf die leicht geschminkten Wangen und die nachgemachten, an einigen Stellen schon etwas zerknickten Blumen, die ihren Kopfschmuck bildeten.

Das Publicum betheiligte sich indessen sehr bedeutend an diesem ersten Abend, für den auf riesengroßen, farbigen Anschlagzetteln Außeror= dentliches versprochen worden. Die dritte Gallerie war schon eine halbe Stunde vor Beginn der Vorstellung bis in ihre letzten Räume gefüllt, während noch umsonst nach Billeten rufende Schaa=

ren vor dem Schiebfenster, unter der schmalen, dort hinaufführenden Holztreppe standen.

Auch die erste und zweite Gallerie füllte sich rasch, und manche Equipage fuhr sogar vor, der Damen in glänzender Toilette entstiegen.

Monsieur Bertrand, über den man sich in der Residenz die abenteuerlichsten Dinge erzählte, war eben Mode geworden, und da es gerade in dieser Zeit, besonders in den höheren Kreisen, an Stoff zur Unterhaltung fehlte, so wollte Niemand versäumen, ihn zu sehen.

Oben auf der über dem Eingange für die Pferde angebrachten Tribune hatte sich das Musikcorps gesammelt, das heute Morgen auch den Umzug durch die Stadt anführen mußte, und die Leute stimmten ihre Instrumente und tranken Bier dazu. In der Reitbahn selber, die durch einen improvisirten Kronleuchter und zahlreiche Flammen an den Seitensäulen reichlich erhellt wurde, kehrten eben ein paar Stallknechte den Kreis, und ein Mann in hohen Kanonenstiefeln und einem Reitfrack, eine lange Peitsche in der Hand, kam herein, um zu sehen, ob Alles in Ordnung wäre.

„Ist er das?" flüsterte es hier und da, aber die Antwort fiel verneinend aus. Es war nur einer der Leute, ein Bereiter — so sah er wenigstens

2*

aus — irgend Jemand aus dem untergeordneten
Personal der Gesellschaft.

Die Familie des Kriegs-Ministers von Ralphen
erschien gerade und nahm eben ihre Plätze auf
der zweiten Bank ein, als die dritte Gallerie in
ein schallendes Gelächter und lauten Jubel ausbrach.

Der Hanswurst sprang nämlich, sich fünf oder
sechs Mal dabei überschlagend, eben in den Circus
und warf sich dem dort sehr ernsthaft befehlenden
Stallmeister oder Bereiter so geschickt zwischen die
Füße, daß dieser auf ihn zu sitzen kam und durch
den Wurf die Balance verlor. Er fiel wenigstens
hinterrücks in den Sand, und während er unter
dem Gejauchze der Menge wieder aufsprang und
den flüchtenden Hanswurst mit der Peitsche zu
treffen suchte, benutzte dieser die anscheinend dar=
über sehr entrüsteten Stallknechte, sich hinter ihnen
zu verbergen und sie die nach ihm gezielten Hiebe
auffangen zu lassen.

Der Bajazzo hatte jedenfalls die Sympathien
der dritten Gallerie und der Kinder für sich; aber
auch selbst den Ernstesten entlockte er mit seiner
grotesken Malerei und Gliedergewandtheit ein
Lächeln

Sein Alter ließ sich allerdings in den dick mit
weißer und rother Farbe bestrichenen Zügen nicht

erkennen, aber seine Figur war schlant und schmäch=
tig, und die kleinen blitzenden Augen behielten
selbst unter den bis zur Verzerrung gemalten Brauen
ihre scharfe Lebendigkeit.

Die ganze Scene hatte übrigens nur dazu
dienen sollen, die Aufmerksamkeit des Publicums
kurze Zeit zu beschäftigen, und noch während des
Umherspringens und Ausweichens des Bajazzo's
flog plötzlich ein kleiner weißer Ponny in gestreck=
tem Galopp über die niedere Eingangsbarriere und
mitten in den Circus hinein. Auf seinem Rücken
aber saß ein kleines, vielleicht siebenjähriges, als
Elfe gar phantastisch gekleidetes Mädchen.

Stallknechte, Bajazzo und Stallmeister stoben
blitzesschnell aus einander, und während der Ponny
den Circus umflog, war die jugendliche Reiterin
in die Höhe gesprungen und grüßte, auf dem breiten
Sattel stehend, freundlich lächelnd nach allen Sei=
ten hinüber.

Sie trug fleischfarbene Tricots, ein kurzes,
leichtes Rosa=Röckchen von durchsichtigem Stoff,
das Kleidchen dabei tief ausgeschnitten, und an
den halbnackten Schultern ein paar buntfarbige
Flügel, handhabte auch ihr zierliches Roß vor=
trefflich und zeigte eine für ihre Jahre außeror=
dentliche Uebung.

Die Frauen waren ganz entzückt von dem
kleinen Wesen, das in jeder seiner Bewegungen —
nur nicht im Körper selber — vollkommen er=
wachsen schien. Zum Aeußersten coquet und über=
dacht, grüßte und winkte sie bald da, bald dort=
hin, trieb ihr Pferd mit der kleinen Peitsche an,
und hielt plötzlich, um sich von dem rasch herbei=
springenden Stallmeister noch einmal die Sohlen
mit Kreide streichen zu lassen. Dabei lächelte sie
auch dem Bajazzo zu, der um sie her die tollsten
Capriolen machte, und sprang dann durch Reifen
und über Guirlanden, und trieb alle die übrigen
Kunststücke, die Kinder in dem Alter gewöhnlich
bei solchen Gesellschaften treiben.

Das Publicum applaudirte zwar lebhaft, aber
es bleibt doch immer ein eigenes, eben nicht an=
genehmes, oft sogar unbehagliches Gefühl, ein Kind
zu solchen Künsten abgerichtet zu sehen. — Was
für Erfahrungen hat das Kinderherz nicht schon
gesammelt, das dort, mit der affectirten Handbe=
wegung und halben Kußhänden den Applaus des
Publicums erwiedert! Wie lange schon mußte es
seinen schönsten Schmuck, die Kindlichkeit, abge=
schüttelt haben, jede Bewegung einer erwachsenen
Coquette so täuschend nachzuahmen! Ihr applau=
dirt und jubelt der Kleinen zu. Fragt Euch ein=

mal, wie Euch zu Muthe sein würde, wenn das
Euer Kind wäre, und dann bedauert das un=
glückliche Wesen, das sein böses Geschick in solche
Bahn, in solch' ein glänzendes Elend geworfen.

Und fühlt es sich selber glücklich in solchem
Leben? — Es nickt und lächelt da oben mit
freudestrahlendem Gesicht und sprengt lustig —
hinter die Coulissen. — Was es dort treibt, küm=
mert das Publicum nicht.

„Mademoiselle Josephine," wie die Kleine auf
dem Zettel genannt wurde, hatte mit diesem Ritt
die Vorstellung eröffnet, und ihr folgte auf einem
schwarzbraunen Ponny Monsieur Charles, „der
kleine Herkules."

Monsieur Charles, ebenfalls in fleischfarbenen
Tricots, mit einem kurzen Löwenfell bekleidet und
mit einer Keule in der Hand, war ein Knabe von
etwa vierzehn Jahren, aber für sein Alter von
außergewöhnlicher Kraft und Gewandtheit — ein
wahres Talent in seinem Fache. Die schwierigsten
Kunststücke führte er auf dem Rücken des dahin=
sausenden Pferdes aus, und mit kaltem, ja, toll=
kühnem Muthe schien er die Gefahr weit eher zu
suchen, als zu vermeiden.

Monsieur Charles wurde hervorgerufen, wie
er die Arena kaum unter stürmischem Applaus

verlassen hatte, und zwei Komiker nahmen jetzt seine Stelle ein, die mit halsbrechender Geschicklichkeit, der eine eine Stange balancirte, während der andere daran hinaufkletterte und oben die gefährlichsten und kühnsten Stellungen ausführte.

Und wie hing das kecke Menschenkind da oben! Das Nachlassen einer Muskel, ein Krampf in den zum Zerspringen angespannten Sehnen der Hand, ein Straucheln des Stangenträgers, und er war rettungslos verloren. — Und das Publicum saß dabei, hielt den Athem in peinlicher Spannung an, dankte Gott, als der Frevler an seinen Gliedern den Boden wieder berührte, und — applaudirte doch wie rasend, ihn dadurch nur zu neuen, noch tollkühneren Versuchen anfeuernd.

Comtesse Melanie hatte sich schaudernd abgewandt, denn sie befürchtete, den Menschen im nächsten Augenblicke zerschmettert vor ihren Füßen zu sehen. Graf Geyerstein, der an ihrer Seite saß, flüsterte:

„Sie haben recht, Comtesse; ein Nervenkitzel erscheint Vielen erwünscht, die Monotonie ihres alltäglichen Lebens zu unterbrechen. Diese Kunststücke aber werden zur Nervenqual — und doch sehen Sie die freudig staunenden Gesichter Ihrer Umgebung, die keine Ahnung von dem zu haben

scheinen, was schon im nächsten Moment ihren
Genuß unterbrechen könnte."

„Es sollte verboten werden, solche entsetzliche
Kunststücke öffentlich zu zeigen," sagte Melanie.
Graf Geyerstein zuckte mit den Achseln.

„Ja und nein," sagte er dabei. „Wir wissen
dann nur nicht, wo wir die Grenzen ziehen sollen,
die der Polizei gestatten in das Privatleben bür=
gerlichen Erwerbs einzugreifen. So lange Seil=
tanzen und Kunstreiterei erlaubt bleibt, wird es
unmöglich sein, einen Maßstab anzulegen, welches
von ihnen für den Ausführenden gefährlicher —
für den Zuschauer peinlicher ist. Das Publicum
allein hätte es in seiner Gewalt, sich solche Schau zu
verbitten, aber die große Mehrzahl verlangt derartige
Productionen, ja, läuft gerade dem Unnatürlichsten
und Widerlichsten am meisten nach. Doch, Gott
sei Dank, es ist vorüber, und der tollkühne Ritt
der Gesellschaft wird uns nach dieser Schau wie
Spielerei erscheinen."

Der Jubel der Zuschauer, als die beiden jungen
Athleten den Schauplatz verlassen hatten, legte sich
eben, als jener Stallmeister wieder mit einer halb=
kreisförmigen Verbeugung anzeigte: Madame Geor=
gine Bertrand und Monsieur Bertrand! — Bajazzo
benutzte diesen unbewachten Augenblick, seine Klap=

pernde Pritsche auf den hervorragendsten Theil
desselben niederprallen zu lassen, und wenn der
Scherz auch eben nicht zart war, wurde er doch von
dem Publicum dankbar angenommen.

Während der Stallmeister auf seinen Erzfeind
vergebens einfuhr, sprengte das wunderschöne Weib
des Kunstreiters und Seiltänzers in die Arena.

Mochte nun die Beleuchtung und die vielleicht
aufgetragene Farbe dem Gesichte der Frau diese ju=
gendliche Frische geben, kurzum Georgine war wirk=
lich schön, und ein lautes unwillkürliches „Ah!" ent=
floh den Lippen der Versammlung, als sie leicht
geschürzt und in ganz ähnlicher, nur weit brillan=
terer Kleidung wie „Mademoiselle Josephine" im
Circus erschien.

Ein paar junge Cavallerie=Officiere fingen an
zu applaudiren, und das Einstimmen des Pu=
blicums war eine Huldigung, die man der lieb=
lichen Erscheinung brachte.

Madame Bertrand zeigte sich auch dankbar
dafür. Ihre Bahn dahinfliegend, hatte sie fast
für Jeden ein Lächeln, wenn auch ein noch so
flüchtiges, für Jeden einen freundlichen Blick, eine
halbversteckte Kußhand, mit der sie die Herzen
gleichsam sichelförmig abschnitt oder mähte — denn
zwei genügten für das ganze Publicum. Und

wie sie dahinflog, siegesgewiß — siegesgewohnt!
Das hochgeschürzte leichte Kleid im Winde flat-
ternd, die Locken von dem Luftzug gelöst, mit
den zarten Fußspitzen den Sattel kaum berührend,
glaubte man wirklich, sie habe Flügel, und wäre
kaum noch erstaunt gewesen, das Pferd unter ihr
davon eilen, und sie ihren Rundzug ohne dasselbe
fortsetzen zu sehen.

„Eine reizende Erscheinung!" flüsterte Melanie
ihrem Nachbar zu, während Madame Bertrand
ihr schnaubendes Thier am Eingange plötzlich pa-
rirte, daß es auf den Hinterbeinen herumflog und
Front gegen die Mitte machte; „wenn sie nur e t w a s
weniger keck und zuversichtlich auftreten wollte!"

Ihr Nachbar antwortete ihr nur durch ein
langsames, kaum bewußtes Kopfnicken, und als
sie ihr Auge zu ihm hob, sah sie, daß sein Blick
fest und fast stier auf der Stelle haftete, an der
die schöne Reiterin hielt. Ihre eigene Aufmerksamkeit wurde aber in dem Moment von ihm
abgelenkt.

„Monsieur Bertrand! Monsieur Bertrand!" ging
der flüsternde Ruf durch die Reihen der Zuschauer,
und als Melanie den Kopf dorthin wandte, sah
sie, wie an Georginens Seite, in phantastischer,
aber höchst geschmackvoll gewählter Tracht, der

Reiter auf milchweißem arabischen Hengste hielt.
Doch auch Graf Geyerstein bog sich jetzt zu ihr
nieder und erwiederte auf die frühere Bemerkung
seiner Nachbarin vollkommen ruhig:

„Sie dürfen bei solchen Damen nicht sittsame
Schüchternheit erwarten, Comtesse. Schon das
Reiten selber bedingt eine gewisse Zuversicht, die
Reiter oder Reiterin haben muß, das Thier in
der Gewalt zu halten. Wie viel mehr also hier,
wo der Ritt für die Oeffentlichkeit bestimmt ist,
und die Frau nur zu leicht jede zarte Weiblich-
keit abschüttelt!"

„Sie mögen recht haben," sagte Melanie nach
kurzem Zögern. „Aber gerade das Außergewöhnliche hat ja auch uns hieher geführt. Wir wollen
die Pferde und Menschen bewundern — uns wenigstens an ihnen ergötzen. Was kümmert uns
das Uebrige!"

Der junge Officier sah die schöne Gräfin etwas
erstaunt über diese Bemerkung an; Melanie's Aufmerksamkeit schien aber wieder vollständig auf das
Paar gerichtet, das jetzt mit außerordentlicher Geschicklichkeit und wirklich vieler Grazie ein Pas de
deux mit den Pferden tanzte.

Gleich darauf, und inmitten desselben, sprengten die beiden Kinder wieder herein — der Knabe

jetzt genau so gekleidet wie Monsieur Bertrand —
indem sie das Pas de deux in ein Pas de quatre
verwandelten. Die Pferde führten dasselbe auch
vortrefflich durch, und der rauschende Beifall galt
dieses Mal besonders der Geschicklichkeit und Aus=
dauer des Mannes, der die Dressur der edlen
Thiere zu solcher Vollkommenheit gebracht.

Nach dem Tanze hielten die beiden Paare
wieder ihren Umritt um die Arena, in einer Art
Triumphzug den wohlverdienten Applaus einzu=
ernten, den ihnen dieses Mal selbst die Damen
nicht versagten.

Nur Melanie saß still und regungslos, ihren
Blick fest auf die schöne Reiterin heftend, deren
Auge sie bewachte. Es war ihr nämlich nicht ent=
gangen, daß die Kunstreiterin, wo das nur irgend
geschehen konnte, ihren Nachbar, den Grafen Geyer=
stein, scharf fixirte. Der nach allen Seiten hin
grüßende Blick haftete in der Secunde, in der
sie an ihnen vorüberflog, jedes Mal fest und
forschend auf der edlen Gestalt des Rittmeisters,
und als sie die Arena verlassen und durch dröh=
nenden Applaus zurückgerufen wurde, schien der=
selbe Blick nur ihm allein zu danken.

Die Scene wechselte jetzt, und der Bajazzo
übernahm die Unterhaltung des Publicums auf's

Neue durch halsbrechende Kunststücke und Glieder=
verrenkungen. Aber das Publicum wollte sich amü=
siren; die übersättigten Bewohner der Residenz
verlangten einen neuen Reiz für ihre abgespann=
ten Nerven — und diese athemlose Angst um ein
Stück werthlosen Menschenlebens gewährte ihn.

Ein Mulatte beschloß die erste Abtheilung durch
groteske Sprünge und gymnastische Uebungen, die
er mit seinem Pferde ausführte. Wie eine Schlange
wand und schnellte er sich im vollen Rennen sei=
nes Thieres darüber hin. All' die verschiedenen
und schwierigsten Piècen führte er aber mit solcher
Leichtigkeit aus, und war dabei in jeder seiner
noch so gewagten Bewegungen so sicher, daß sich
das Publicum unmöglich für ihn interessiren konnte.
Es sah eben keine Gefahr dabei, und die Scene
vorher hatte es verwöhnt.

Eine kurze Pause folgte jetzt, in der selbst die
eben so unermüdlichen wie erbarmungslosen Musiker
ihre gequälten Instrumente für eine Viertelstunde
ruhen ließen. Das Trommelfell der ihnen zunächst
sitzenden Zuschauer vibrirte aber eine ganze Weile
fort, als ob sich die aufgewühlten Schallwellen
des hohen Raumes noch immer nicht beruhigt
hätten. Die Trompeter gossen dabei ihre Instru=
mente aus, und ließen ihre Bierkrüge füllen, wech=

selten die Notenblätter, um eine andere Nummer
aufzulegen, und nahmen dann ihre Sitze wieder
ein, beim ersten gegebenen Zeichen mit schmettern=
dem Tusch und lustiger Fanfare bereit zu sein.

Ein Theil des Publicums, besonders alle solche,
die den Ausgang leicht erreichen konnten, ohne
die hinter ihnen sitzenden Damen zu sehr zu in=
commodiren, strömte hinaus an das Buffet und
fand dort nicht allein Erfrischungen in Masse,
sondern auch — Bouquets, Kränze und Zucker=
düten, für die der vortrefflich speculirende Restau=
rant Sorge getragen hatte. Die Blumen für die
Damen, das Zuckerwerk für die Kinder! Die
jungen Cavaliere kauften in Masse, und das Buffet
machte ausgezeichnete Geschäfte.

Unter den zurückgebliebenen Zuschauern ent=
spann sich indessen eine lebhafte Unterhaltung
über das Gesehene, und besonders schien Monsieur
Bertrand auf die Damen einen für ihn nur schmei=
chelhaften Eindruck hervorgebracht zu haben. Die
jüngeren besonders — vielleicht weniger zurück=
haltend als die älteren — schwärmten für ihn,
und Comtesse Rosalie erklärte, daß sie die Zeit
kaum erwarten könne, in der er wieder erschei=
nen würde.

„Und was halten Sie von Monsieur Bertrand,

Herr Rittmeister?" wandte sich da Melanie an ih=
ren auffallend schweigsamen Nachbar. „Als so vor=
trefflicher Reiter werden auch Sie ihm Ihren Bei=
fall kaum versagen können."

„Allerdings nicht, Comtesse," erwiederte der
junge Mann, „es ist eine edle, männliche Gestalt,
und — er reitet untadelhaft."

„Wie ernst er aber aussieht, und was für dunkle,
seelenvolle Augen er hat! Ich kann mir kaum
denken, daß er wirklich zum Kunstreiter — und
noch schlimmer — zum Seiltänzer erzogen ist,
denn mit seiner Erscheinung würde er jeden
Platz in der menschlichen Gesellschaft ehrenvoll
ausfüllen."

„Ich glaube auch," sagte der Rittmeister leise,
fast wie mit sich selber redend. „Wer weiß, welche
unglücklichen Verhältnisse ihn gerade in diese Bahn
getrieben!"

„Und doch fühlt er sich vielleicht vollkommen
glücklich darin," warf Melanie ein. „Wir dürfen
Andere nicht immer nach uns selber beurtheilen.
Eine andere Erziehung giebt dem Menschen doch
auch sicher andere Ansichten über das Leben, und
Jeder hält die seinigen gewiß immer für die
richtigen."

„Sein Ernst widerspricht dem," entgegnete Graf

Geyerstein. „Eher glaub' ich, daß sich die Dame glücklich in ihrem Berufe oder — ihrer Kunst fühlt — wenn wir es so nennen wollen."

„Es ist seine Frau?" sagte Melanie, leicht hingeworfen.

„Ich glaube wohl — ich weiß es nicht," erwiederte der Graf. „Sie trägt, dem Zettel nach, wenigstens seinen Namen."

„Vielleicht seine Schwester."

„Der Zettel sagt Madame Bertrand."

„Die Kleine kann aber kaum ihre Tochter sein; die Frau sieht dafür zu jugendlich aus. Wo sind Sie früher schon mit ihnen zusammengetroffen?"

„Ich?" fragte der Rittmeister; „so viel ich mich besinnen kann, habe ich die Gesellschaft heute zum ersten Male gesehen."

„Sagten Sie mir nicht heute Morgen, daß es eine alte Bekanntschaft sei?" fragte die Comtesse, und ihr Blick haftete dabei forschend auf den Zügen ihres Nachbars.

„Ich wüßte nicht, Comtesse," erwiederte der Graf. „So viel ich mich entsinne, sprach ich von einer Aehnlichkeit, und das begegnet uns ja oft im Leben, daß uns die Züge eines sonst vollkommen fremden Menschen irgend eine Erinnerung aus früheren Zeiten wecken, so wenig er selber auch mit ihnen in Zusammenhang steht. Ist Ihnen das noch nie vorgekommen?"

„Mir? — ja — o ja. Ich habe mich dann geirrt. Ich glaubte, Sie sprächen von einer alten Bekanntschaft. Aber die Vorstellung beginnt wieder. Jene schrecklichen Menschen da oben, in den alten, uniformartigen Jacken nehmen ihre Marter=Instrumente wieder zur Hand. Mir wirbelt der Kopf schon ordentlich von dem furchtbaren Lärm. Ob man uns damit einen Genuß bereiten will?"

„Täuschen Sie sich darüber nicht, Comtesse," lächelte der Rittmeister. „Was jene Leute Musik nennen, ist meist nur ein für die Pferde bestimmter, taktmäßiger Lärm, den sie vollführen. Schwiegen sie still, so würden auch die Thiere ihre Kunststücke nicht ausführen, zu denen sie den geräuschvollen Takt nothwendig brauchen. Daß die Zuschauer gewöhnlich glauben, die Musik würde ihretwegen gemacht, ist ihre eigene Schuld."

„Dann werde ich mich künftig nicht mehr darüber beklagen," lächelte Melanie. „Aber da beginnen sie wirklich ihre Pferdemusik schon von Neuem, und jener gräßliche Gliederverrenker scheint seine Künste ebenfalls wieder produciren zu wollen. Sehen Sie nur, Herr Graf, was dieser Bajazzo für

ein fataler Mensch ist. Ein frecheres, widerliche=
res Gesicht ist mir im ganzen Leben noch nicht
vorgekommen. — Ob der Mann auch Familie hat?"

„Und warum nicht?" erwiederte der Rittmei=
ster. „In seinen Kreisen glänzt er vielleicht sogar."

„Und glauben Sie wirklich, daß sich ein Mäd=
chen in solch' ein — Geschöpf verlieben könnte?"

„Comtesse," sagte achselzuckend der Rittmeister,
„in jenen Kreisen kommt es oft auf Liebenswür=
digkeit oder ehrenvolles Brod nicht an. So=
bald der Mann nur eben sein Brod hat — sobald
er im Stande ist, eine Frau vor Mangel zu schützen
— denn mehr verlangen solche Leute selten —
sobald hat er auch Anspruch darauf, als gute
Partie betrachtet zu werden — betrachtet er sich
doch selber dafür. In welcher Achtung er bei
seinen Nachbarn oder gar den höheren Schichten
der Gesellschaft steht, was liegt ihm daran! So
lange das Publicum, dem er seine Späße vormacht,
darüber lacht, so lange ihn sein Brodherr dafür
bezahlt, so lange ist er ein Mann, der seinen Platz
in der menschlichen Gesellschaft — gleichviel, wie
— ausfüllt; so lange hat er eben sein Brod.
Hört das einmal auf, bricht er einen Arm oder
ein Bein, oder wird er sonst zum Krüppel, viel=
leicht gar krank — dann ist er eben verloren.

Dann macht er Collecten, oder schickt die Frau
betteln — aber das Alles liegt für ihn noch in
der Zukunft — liegt weiter als der nächste Tag,
und was sollte er sich jetzt schon deßhalb Sorge
machen?"

„Ein fürchterliches Leben," sagte die Comtesse,
zusammenschaudernd, „und doch klingt es, als ob
es wahr sein könnte. Wo haben Sie nur einen
so tiefen Blick in diesen Abgrund des Elends gethan, Graf?"

„Guter Gott," sagte der Rittmeister, „ein Soldat verkehrt mit allerlei Ständen, und ohne daß wir
es wollen oder suchen, wendet uns oft das Leben
auch seine dunklen Seiten zu."

Wüstes Geschrei und Jauchzen unterbrach ihr
Gespräch, denn Bajazzo hatte die zweite Abtheilung
auf einem Esel eröffnet, mit dem er in die Arena
sprengte. Auf dem Rücken des Thieres suchte er
Monsieur Bertrand nachzuahmen, und die Gallerie
war glücklich darüber.

Ihm folgten die beiden Kinder wieder, denen
man die erst angekauften Zuckerdüten zur Beloh-
nung zuwarf, und als Bajazzo ein paar davon
entwenden wollte und von dem Stallmeister dabei
erwischt und daran verhindert wurde, kannte der
Jubel des Publicums keine Grenzen mehr.

Dem Kinderritt folgte ein imposanteres Schauspiel: ein Turnier, in einer Art von Pantomime, in der sich zwei Ritter um den Besitz der schönen Georgine stritten. Monsieur Bertrand war einer von diesen, und in voller Rüstung, mit geschlossenem Visier und eingelegter Lanze, warf er in wirklich prachtvollem Rennen seinen Gegner in den Sand.

Dann, mit abgeworfenem Helm, hielt er an der Seite der erbeuteten Schönen seinen Siegesritt um die Arena, und die Bouquets flogen jetzt von allen Seiten dem lieblichen Ritterfräulein zu.

Eines der Bouquets hatte die schöne und kecke Reiterin selber vom Boden aufgehoben, und es hoch in der Hand haltend, schwang sie sich damit unter dem Beifallsjauchzen der Menge wieder auf ihr Pferd, während dieses, bei dem Schmettern der Trompeten, in wilder Flucht die Arena umschnaubte. Der Ritter konnte sich kaum an ihrer Seite halten, und immer wilder, immer toller hieb sie auf das schäumende Thier ein, es zu noch stärkerem, rasenderem Laufe anzutreiben.

Wieder kam es Melanie da vor, als ob ihr Blick, so oft die tolle Jagd an ihnen vorüberbrauste, den Nachbar suche und finde. Grüßend neigte sie sich gegen ihn, und jetzt — als sie ih=

ren Zelter mitten in vollster Flucht herumriß, die
Arena, dem Ausgange zu, quer zu durchfliegen,
— warf sie die linke Hand, in der sie Blumen
hielt, empor, und der Strauß — ob absichtlich
oder zufällig nach dieser Richtung getrieben —
fiel im nächsten Augenblicke zu den Füßen des
jungen Grafen nieder.

Fast in demselben Moment war auch die Schöne,
über die Bahn hinweg, verschwunden, und Me=
lanie sah zu dem Rittmeister empor, dessen Antlitz
Todtenblässe deckte.

„Wollen Sie den Strauß nicht aufheben?" sagte
sie, mit vor innerer Bewegung fast erstickter Stimme.

Der Rittmeister bückte sich, aber er that es
wie in einem Traume, und die Blumen aufgrei=
fend, hielt er sie fast bewußtlos seiner Nachbarin
entgegen.

„Sie befehlen, Comtesse?"

„Ich danke Ihnen, Herr Graf!" erwiederte jedoch
die junge Dame mit so auffallender Kälte im Tone,
daß Graf Geyerstein erstaunt sie ansah. „Die Blu=
men sind ohne Zweifel dorthin gelangt, wohin sie
bestimmt waren, und ich möchte Sie derselben
nicht berauben — würde ich überhaupt etwas an=
nehmen, was einer — Kunstreiterin zugeworfen ist."

„Comtesse!"

„Sie haben jetzt Gelegenheit, Ihr Bouquet wie=
der zu verwerthen," sagte das schöne und, wie es
schien, beleidigte Mädchen. In der That erschien
Georgine in diesem Augenblicke wieder auf den
donnernden Hervorruf der Menge, während ihr
auf's Neue von allen Seiten Blumen entgegen=
flogen. Graf Geyerstein war aber durch die Worte
Melanie's so überrascht worden, daß er das Bouquet
unschlüssig in der Hand behielt, bis die schöne
Reiterin die Arena verlassen hatte.

Wieder sprang jetzt der Bajazzo mit seinen
gliederverrenkenden Künsten in die Arena, nach=
dem die Bahn vorher von den hineingeworfenen
Blumen gesäubert worden, und zwei andere junge
Damen, Mademoiselle Amelie und Leontine, wa=
ren ebenfalls noch in dem Programme angeführt.
Comtesse Melanie hatte aber durch den Lärm der
Trompeten Kopfschmerzen bekommen, und obgleich
sich die jüngere Schwester Rosalie dem nur un=
gern fügte, bat doch die Mutter den Grafen, ih=
ren Wagen vorfahren zu lassen.

Zehn Minuten später verließ die Familie des
Kriegs=Ministers von Ralphen, vom Grafen Geyer=
stein natürlich begleitet, den Circus, um nach Hause
zurückzukehren.

3

Der nächste Tag war ein Sonntag. Reges, bewegtes Leben herrschte in der Residenz, wo eines= theils die gerade abgehaltene Messe eine Menge von Landleuten und Fremden in die Stadt gelockt hatte, während zugleich, zur Geburtstagsfeier des Fürsten, große Parade abgehalten wurde. Equi= page um Equipage fuhr langsam durch das Ge= dränge der Straßen, dem Landesherrn zu diesem Tage die Glückwünsche des Hofes und der Beam= ten, ja, des ganzen Volkes zu bringen.

Der Rittmeister von Geyerstein sah sich den Morgen über durch seinen Dienst theils auf der Parade, theils bei Hofe gefesselt und kam erst gegen zwei Uhr nach Hause, während er um fünf Uhr schon wieder zur Tafel befohlen worden. Zum nicht geringen Erstaunen seines Burschen kleidete er sich aber, so wie er zurückkehrte, um und in Civil, und während dieser, immer dabei mit dem Kopfe schüttelnd, die verschiedenen nöthigen Ge=

genstände herbeibrachte, sagte sein Herr: „Hast Du mir die Wohnung gefunden, wie ich Dir aufgetragen, Karl?"

„Zu Befehl, Herr Rittmeister — die von dem Seiltänzer meinen Sie doch?"

„Von Monsieur Bertrand."

„Sehr wohl. Rosenstraße Nummer 47, zweiter Stock, erste Thür rechts."

„Rosenstraße? — wo ist die Rosenstraße? die kenne ich gar nicht."

„Gleich am Landgrafen-Platz, zu Befehl, die kleine Gasse, die hinter der Bude hineinläuft. Nummer 47 ist das rechte Eckhaus, aber der Eingang in der Gasse drin. Das Haus selber heißt auch die Rose und war früher ein Hospital, ist jetzt aber ein Wirthshaus, und die Kunstreiter kehren gewöhnlich dort ein, weil ihnen die Ställe unten bequem liegen, und der Mann, dem das Haus gehört, auch Futter und Streu zu verkaufen hat."

„Es ist gut, Du — kannst mir eine Droschke holen."

„Herr Rittmeister halten zu Gnaden, um fünf Uhr Tafel."

„Ich weiß es — bis dahin bin ich wieder zurück. Du gehst mir indessen nicht fort und hältst Alles bereit."

„Sehr wohl, Herr Rittmeister!"

Wenige Minuten später rasselte die Droschke über das Pflaster und hielt vor der Thür.

„Wohin?" fragte der Kutscher.

„Landgrafen = Platz!" und fort klapperte das Fuhrwerk, der bezeichneten Richtung zu.

Am Landgrafen=Platz angekommen, schaute der Kutscher in das vordere Fenster hinein, zu erfah= ren, ob er sich rechts oder links halten müsse. Eine Handbewegung des Fahrenden wies ihn zu= recht, und in der Nähe der kleinen Straße ange= kommen, stieg der Rittmeister aus. Er wollte nicht vor dem Hause mit dem Wagen halten.

Den bezeichneten Platz fand er ohne Schwie= rigkeit. Die Beschreibung des Burschen war genau gewesen, und er betrat gleich darauf einen dunkeln, schmutzigen Hausflur, in dem sich nur ein paar Pferdeknechte herumtrieben und mit dem hindurch= gehenden Hausmädchen schäkerten.

Einige Schwierigkeit hatte es, die Treppe in den zahlreichen Einschnitten des alten Gebäudes zu finden, die zu eben so vielen Keller= oder Stu= benthüren, bald mit Stufen abwärts, bald aufwärts, führten. Endlich fand er aber die schmale, hölzerne Stiege, der er, ohne weiter Jemandem zu be= gegnen, bis in die zweite Etage folgte.

Die ihm von seinem Burschen bezeichnete erste
Thür rechts trug eine daran geheftete Visiten=
karte, und als er näher trat, las er die mit
feiner, zierlicher Schrift gestochenen Worte „Georg
Bertrand.“

Georg, flüsterte der Rittmeister leise vor sich
hin, und zögernd und unschlüssig hob sich seine
Hand nach dem Drücker. Sollte er anklopfen? —
aber die Zeit verging, und im nächsten Augen=
blicke tönte ihm schon ein lautes „Herein!“ aus
dem Zimmer entgegen.

Ohne sich länger zu besinnen, öffnete er die
Thür und überraschte hier eine Dame, die sehr
ungenirt und in tiefstem Negligée auf dem Sopha
lag, auch nur langsam den Kopf nach dem Ein=
tretenden umdrehte. Kaum aber erkannte sie, daß
es ein Fremder sei, als sie auch blitzesschnell auf=
sprang und wie ein Schatten durch die dicht da=
neben befindliche Thür huschte.

Verlegen, hier so gestört zu haben, sah sich
der Rittmeister im Zimmer um und entdeckte jetzt
erst in der andern Ecke, dicht am Fenster, noch
eine andere Persönlichkeit, einen ältern Mann,
der ihn mit eben nicht freundlichem Blick und
etwas vorgebogenem Kopfe über eine Klemmbrille
hinüber betrachtete.

„Suchen Sie Jemanden?" sagte er dabei mit heiserer Stimme.

„Herrn Bertrand. Ist er zu Hause?"

„Nein."

„Wann kann ich ihn treffen?"

„Weiß ich nicht. Was wollen Sie?"

„Ich möchte ihn sprechen."

„Müssen Sie morgen wiederkommen — Heute hat er keine Zeit," brummte der Alte, der, wie der Rittmeister jetzt erst sah, mit einer kurzen Pfeife im Munde, eine Hanswurstjacke auf den Knieen liegen hatte, und beschäftigt schien, sie mit Nadel und Zwirn auszubessern.

„Ich bitte den Herrn, ein klein wenig zu warten — ich komme den Augenblick," rief da die Stimme der Dame aus dem Nebenzimmer, und der Alte, als ob damit die Sache für ihn erledigt sei, schob sich seine Brille zurecht und nahm seine Arbeit wieder auf. Der Fremde mochte sich indessen selber die Zeit vertreiben.

Dem Rittmeister war es nicht wohl in dieser Umgebung, und er überlegte sich schon, ob er nicht lieber Monsieur Bertrand zu sich bestellen solle. Er hatte gehofft ihn allein zu finden, denn bei dem, was er mit ihm zu sprechen wünschte, brauchte und wollte er keinen Zeugen. Aber er mochte

nicht unartig gegen die Dame sein; jedenfalls er=
hielt er von ihr auch bessere Auskunft, als der
mürrische Alte, in dem er jetzt den Hanswurst
von gestern Abend erkannte, geben mochte.

Ganz recht — er hatte sich nicht getäuscht.
An der linken Seite des eben nicht zu sorgfältig
abgewaschenen Gesichts ließ sich noch ein schmaler
Streifen der weißen Farbe erkennen, mit der er
gestern bemalt gewesen. Aber wie anders sah der
sauertöpfische Gesell heute auch gegen gestern, wie
er da, zusammengekauert, ein Bein über das andere
geschlagen, mit hohlen, tief liegenden Augen und
runzeligen Wangen, das stark mit Grau gemischte
Haar wirr und ungekämmt um den Kopf hängend
vor ihm saß und seine Narrenjacke flickte!

Doch in der ganzen Stube sah es eben so
wild und ungeordnet aus. Auf dem Sopha la=
gen eine Menge getragener Kleidungsstücke, die
jedenfalls der Dame gehörten — Unterkleider und
Tricots, ohne den Glanz, den ihnen die abend=
liche Beleuchtung verliehen; über einen Stuhl
daneben war ein prachtvoller Waffenrock von kirsch=
farbenem Sammet geworfen. Darunter stand un=
geputztes Schuhwerk, und Schmuck und Tand, mit
Schminknäpfchen, Pinseln, Farben und allen mög=
lichen anderen Utensilien, das Publicum zu täuschen,

deckten den Tisch und die benachbarte Commode.
Das Zimmer war auch noch nicht ausgekehrt, eine
Decke mit einem schon mehrfach gebrauchten Kopf=
kissen nahm einen der Stühle ein — es sah
fast aus, als ob Jemand die Nacht auf dem Sopha
gelegen hätte, und der Tabaksqualm aus der Pfeife
des Alten hatte den Schlafdunst noch nicht be=
wältigen können.

Dem Rittmeister benahm es bald den Athem,
und draußen lag der helle Sonnenschein so warm
auf den Fensterscheiben. Er hätte, Gott weiß,
was, darum gegeben, ein Fenster aufreißen zu
dürfen.

Da öffnete sich die Kammerthür wieder, durch
welche die Dame vorhin geflüchtet war, und Ma=
dame Bertrand — aber nicht so bezaubernd, wie
sie gestern Abend wohl dem Publicum erschienen
— trat auf die Schwelle.

„Ich muß tausend Mal um Entschuldigung
bitten," sagte sie, während ihr Blick im Zimmer
umherschweifte und sie rasch die jedenfalls ihr ge=
hörigen und zunächst liegenden Kleidungsstücke
aufraffte und hinter sich in die Kammer warf —
„Sie finden uns aber noch so in Unordnung..."

„Madame," unterbrach sie der Rittmeister höf=
lich, „wenn Jemand hier um Entschuldigung zu bitten

hat, so bin ich es, der ich unangemeldet bei Ihnen eintrat und Sie unberufen störte."

Madame Bertrand hatte indessen zu ihm aufgesehen, und ein eigenes Lächeln belebte plötzlich ihre Züge.

„Ich glaube, ich habe schon gestern das Vergnügen gehabt, Sie bei unserer Vorstellung zu sehen," sagte sie; „aber wollen Sie nicht Platz nehmen? Guter Gott, es sieht wahrhaftig heute gerade zu unordentlich bei uns aus! Was müssen Sie nur von uns denken!"

Sie räumte dabei rasch und ziemlich rücksichtslos, wohin sie die Sachen aus dem Wege brachte, das Sopha ab, und sich dann in die eine Ecke lehnend, zeigte sie mit einer leichten Handbewegung lächelnd auf die andere, so daß Graf Geyerstein nicht umhin konnte, neben ihr Platz zu nehmen.

Halb verlegen gehorchte er auch der Einladung, und es entging ihm dabei nicht, daß die schöne Frau dem Alten einen bezeichnenden Blick zuwarf. Dieser griff, demselben gehorchend, und, wie es schien, ziemlich mürrisch, seine Arbeit auf, sah rechts und links neben sich auf die Erde, ob er nicht etwas vergessen habe, und verließ dann ohne weitern Gruß das Zimmer.

„Ich bin Ihnen vor allen Dingen eine Erklä=

rung schuldig, Madame," nahm jetzt der Rittmeister das Wort, „daß ich gewagt habe..."

„Ich bitte Sie um Gotteswillen, keine Entschuldigung," unterbrach ihn lächelnd die Frau, „Sie sind da, und das genügt mir — was wollen Sie mehr? Es soll mich nur freuen, wenn ich Ihnen mit etwas dienen kann."

Graf Geyerstein gerieth dieser Antwort, ja, Ermunterung gegenüber in Verlegenheit, und Madame Bertrand schaute ihn so freundlich dabei an, und sah in dem leichten seidenen Oberkleide, das ihren vollen Körper nur locker umschloß, wirklich so reizend aus — er konnte nur eine dankende Verbeugung machen.

„Sie sind Soldat, nicht wahr?" nahm da die Dame die Unterhaltung wieder auf, „Cavallerie= Officier?"

„Allerdings."

„Ich dachte es mir — oder vielmehr, ich erinnere mich Ihrer Uniform," setzte die Frau leicht erröthend, aber doch auch wieder halb schelmisch hinzu, „und Sie — interessiren Sich für unsere schönen Pferde?"

„Ich muß gestehen, daß ich entzückt davon bin," erwiederte der Graf, der um jeden Preis diese Unterredung abzubrechen wünschte; „aber das ist es eigentlich nicht, was mich hieher geführt."

„Sie wollten auch die Reiter kennen lernen," lächelte Madame Bertrand; „ein sehr natürlicher Wunsch, der aber leider nur gewöhnlich die Illusion zerstört, die bis dahin einen eigenen, fremdartigen Zauber um sie warf."

„Ich wünschte Monsieur Bertrand zu sprechen."

„Georg? — er ist leider nicht zu Hause. Heute, am Meßsonntage, geben wir zwei Vorstellungen, und seine Anwesenheit ist deßhalb im Circus unumgänglich nöthig, die erforderlichen Anordnungen dort zu treffen. Er wird vielleicht vor der Vorstellung nur noch auf einen Augenblick herüberkommen."

Graf Geyerstein schwieg und sah sinnend vor sich nieder.

„Kann ich vielleicht irgend einen Auftrag ausrichten? Georg wird sich jedenfalls geehrt finden. — Aber, mein Gott! fehlt Ihnen etwas? — Sie sehen todtenbleich aus."

Sie legte ihre Hand auf seinen Arm und sah besorgt zu ihm auf.

„Nicht das Mindeste," sagte abwehrend der Graf, „ich danke Ihnen, Madame, aber ich befinde mich vollkommen wohl — nur die drückende Luft hier im Zimmer…"

„Sie haben recht!" rief Madame Bertrand, auf=

springend und rasch ein Fenster öffnend, „es ist
auch hier entsetzlich heiß, und Vater hat dabei wie=
der einmal so gequalmt."

„Der Vater!" flüsterte der Rittmeister leise
vor sich hin, und fast krampfhaft faßte die Linke
den Tisch, an dem er sich emporrichtete.

„Sie wollen schon wieder fort?" rief da Geor=
gine, mit einem halb erstaunten, halb bittenden Blicke.

„Ich darf Ihre Zeit nicht länger in Anspruch
nehmen."

„Aber Sie stören mich gar nicht, und wenn
Sie Geschäfte mit Georg..."

„Geschäfte nicht, Madame, aber — ich wünschte
ihn zu sprechen," unterbrach sie der Graf, „und —
ich sehe auch keinen Grund, weßhalb ich Ihnen
die Ursache verschweigen sollte. Eine merkwürdige
Aehnlichkeit, die er mit einem meiner früheren
Freunde hat, läßt mich wünschen, ihn kennen zu
lernen — möglich, daß es nur eben eine Aehn=
lichkeit ist, aber ich würde ihm sehr dankbar
sein, wenn er mich vielleicht morgen früh zwischen
acht und zehn Uhr besuchen wollte. Meine Karte
hier haben Sie wohl die Güte ihm zu überreichen."

Graf Wolf von Geyerstein, las Georgine, sich
leise und lächelnd dabei gegen den jungen Officier
verneigend; „ich werde nicht ermangeln, Ihren

Auftrag pünktlich auszurichten, Herr Graf. Aber — wissen Sie wohl, daß das ein recht eigenes Zusammentreffen ist?"

„Welches, Madame?"

„Daß Sie Georg einer Aehnlichkeit wegen aufsuchen wollen," sagte die junge Frau, „während gerade Sie, Herr Graf, auch mir einer Aehnlichkeit wegen von Anfang an aufgefallen sind."

„Und wem sah ich ähnlich?" flüsterte der Graf, und seine Blicke hafteten fest und stier auf den Augen des schönen Weibes.

„Keinem so entsetzlichen Wesen, als Sie zu glauben scheinen," lächelte schalkhaft Georgine — „nur — einem frühern Geliebten von mir — meinem jetzigen Manne."

„Georg Bertrand?"

„Demselben — wenigstens damals, als er noch nicht einen so furchtbaren Bart trug, wie jetzt."

„Sie sind schon längere Zeit verheirathet, Madame?"

„Leider!" seufzte Georgine mit komischem Bedauern.

„Leider?"

„Ich weiß nicht, ob Sie vermählt sind, Herr Graf, aber — es ist doch ein anderes Ding um einen Liebhaber, als um einen Ehemann, und

4*

Monsieur Bertrand ist, besonders in der letzten
Zeit, so ernst — ja, ich möchte fast sagen, finster
geworden, als ob er die ganze Lust an seiner
Kunst verloren hätte."

„Und wenn dem wirklich so wäre?"

„Wenn dem so wäre?" lachte Georgine. „Sie
reden gerade, als ob er von seinen Renten leben
könnte! Er hat weiter nichts gelernt, als die sogenannte „brodlose Kunst", die uns aber doch ein
ganz hübsches Brod abwirft, und die Dressur der
Pferde, in der er Meister ist. Sollte er aber jetzt,
wo er so Viele in seinem Dienst gehabt, selber Dienste
bei einem Herrn nehmen und Bereiter werden?
Er hielte es nicht vierundzwanzig Stunden aus."

„Und finden Sie selber Freude an diesem Beruf — an dieser Kunst, wenn Sie wollen?"

„Ich lebe und athme darin," rief Georgine, und
ihre Augen leuchteten, ihre ganze Gestalt hob sich.
„Auf dem Rücken meines Thieres bin ich ein anderes Wesen, gehöre dieser Erde kaum mehr an,
und was dem Fisch das Wasser, der Pflanze das
Licht sein mag, ist mir der jauchzende Beifall der
Menge, die buntgeschaart mich umgiebt. Ich
schwimme dann in einem Meer von Glanz und Licht
und Wonne, und — erwache erst, wenn diese Wände
hier auf's Neue mich umgeben — einschließen."

„Und doch ist das ein unnatürlich Leben," sagte der junge Graf, „das Haus ist eigentlich des Weibes schönster Wirkungskreis."

„Nicht der meine," rief Georgine, indem ein trotziges Lächeln ihre schönen Lippen umspielte. „Das Haus? — ja, für die Weiber, die stricken und nähen und Freude vor ihrem Wäschschrank finden können. Mein Wirkungskreis liegt draußen in der Bahn; ich tanze, fliege durch das Leben, und so — so möcht' ich enden, wenn es denn einmal geschieden, gestorben sein muß. Aber Sie sind Soldat. Sie können sich ja am Besten, am Leichtesten in solche Sehnsucht denken. Und möchten Sie, wie Sie da vor mir stehen, als Mann, das Leben eines Stubenhockers, eines Actenmenschen wählen, der über seinen staubigen Papieren brütet und Licht und Luft und Sonnenschein da draußen ungesehen, unbeachtet wirken, schaffen, segnen läßt? Sie nicht, Sie wahrlich nicht, und gerade so denk' auch ich. Von klein auf zu diesem Beruf herangebildet, hab' ich mit der Muttermilch schon die Lust an solchem Leben eingesogen, und wem das nun einmal im Blute liegt, glauben Sie nicht, daß der sich einer gerechten — einer festgeschnürten Existenz möcht' es nennen, einem Gang in der Tretmühle des

menschlichen Lebens je wieder fügen könne. Zug=
vögel, die wir sind, müssen wir auch die Freiheit
des Zugvogels behalten, wenn wir nicht verküm=
mern, nicht untergehen sollen."

„Und denkt Ihr Gatte eben so?"

„Gewiß — er wäre sonst nicht der, der er ist:
Bertrand, der kühnste aller Reiter und — mein
Mann. Aber ich plaudere und plaudere, und
denke nicht daran, daß es Sie wenig kümmern
wird, welche Gesinnungen über ihr Leben eine
Kunstreiterin hegt. Von Ihren Sphären
sind wir freilich ausgeschlossen und doch — wer
weiß, ob nicht so wackere Herzen oft unter dem
bunten Tand, mit dem wir uns behängen müssen,
wie unter Stern und Ordensbändern schlagen!
Doch mein Geschwätz ermüdet Sie; nehmen Sie
wieder Platz, Herr Graf, und — wenn Sie es
wünschen und etwas Besonderes mit Monsieur
Bertrand zu bereden haben, will ich ihn rufen
lassen. Der Circus ist nur wenige Schritte von
hier entfernt."

„Ich danke Ihnen, Madame," unterbrach sie der
Rittmeister. „Meine Zeit ist überdies heute be=
schränkt, wie die seine wahrscheinlich. Morgen
früh wird ihm eher Raum bleiben, mir eine halbe
Stunde zu gönnen. Meine Wohnung finden Sie

auf der Karte angegeben. Ich darf Sie bitten, ihm meinen Wunsch mitzutheilen?"

„Ihr Auftrag soll pünktlich vollzogen werden," sagte die Frau, und der Rittmeister, indem er sich dankend verbeugte, grüßte sie achtungsvoll und verließ das Zimmer.

Georgine blieb, die Unterlippe mit den kleinen weißen Zähnen gefaßt, wohl mehrere Minuten in derselben Stellung am Fenster. Sie hielt die Karte, die er ihr gegeben, noch in der Hand, und ihre Augen hafteten darauf.

Kalt wie Eis, murmelte sie dann mit einem spöttischen und doch auch wieder verdrießlichen Lächeln vor sich hin; aber — was er nur von Georg will? Graf Wolf von Geyerstein, Rittmeister — hier — und Adjutant des Fürsten? — Sollte der Fürst — vielleicht wegen des Thurmseils? aber, pah! was hat der mit dem Kunstreiter zu schaffen, daß er einen seiner Adjutanten zu ihm schicken würde? Auch war der Herr Rittmeister nicht in Uniform, sondern in Civil; er hat sich vielleicht geschämt, in Uniform bei uns gesehen zu werden. Aber er wollte Georg sprechen, nicht mich, und eine Aehnlichkeit? — Doch was zerbreche ich mir den Kopf! rief sie plötzlich, die Karte neben sich auf den Tisch wer=

send. Ob Herr Graf Wolf von Geyerstein Ur=
sache hat, den Kunstreiter Bertrand aufzusu=
chen oder nicht — was kümmert's mich! Georg
mag das selber untersuchen. Die ganze Sache
läuft doch nur zuletzt auf einen Pferdekauf
hinaus.

„Ist er fort?" sagte in diesem Augenblick der
Alte, der seinen Kopf wieder zur Thür herein
steckte.

„Wie Du siehst, ja," erwiederte gleichgültig die
Frau, „dort unten geht er eben über die Straße."

„War gerade noch so ein Musje da, der Dich
sprechen wollte."

„So? — wer?"

„Der geschniegelte und geleckte Bengel mit dem
Schnurrbart wie ein Malerpinsel. Silbermann
oder Silberfranz — was weiß ich's, wie er heißt!
Ich habe ihn gleich an der Treppe abgefertigt."

„Das war recht — ich mag den faden Men=
schen überhaupt nicht leiden."

„Und wer war der?"

„Ein Graf."

„Und wollte?"

„Georg sprechen."

„Nur Georg?"

„Nur Georg."

Pferdehändler! brummte der Alte und schleppte
seine Jacke wieder zum Fenster, an dem er den
alten Platz einnahm, mürrisch und finster wie vor=
her an dem scheckigen, schmutzigen Kleidungsstück
weiter zu nähen. Kein Wort mehr wurde zwi=
schen den Beiden gewechselt, die jedes mit den
eigenen Gedanken vollständig beschäftigt schienen.

Da schallten Schritte vom Vorsaal herein.

„Georg,“ sagte die Frau aufhorchend.

„Wird mich wieder zur Probe haben wollen,“
knurrte der Alte, „aber verdammt will ich sein,
wenn ich jetzt einen Schritt hinübergehe. Heute
die Rackerei zweimal ist vollständig genug.“

Die Thür ging auf, und Monsieur Bertrand
betrat in der That das Zimmer, ohne die Beiden
aber nur im Mindesten zu beachten. Selbst ohne
Gruß kam er herein, warf seinen Hut auf einen
Stuhl und schritt dann eine Weile, die Arme fest
in einander geschlagen, in dem kleinen Raume auf
und ab.

Der Alte warf über die Brille einen forschen=
den Blick nach ihm hin, nahm aber weiter keine
Notiz von ihm, und nur Georgine sagte endlich:
„Ist etwas vorgefallen, daß Du so verdrießlich bist?“

„Vorgefallen? — nein,“ erwiederte der Mann,
ohne seinen Spaziergang zu unterbrechen.

„Ist die Erlaubniß zu Deinem Thurmseil noch nicht gekommen?"

„Nein."

„Und wär' auch kein Schade, wenn sie ganz ausbliebe!" brummte der Alte. „Mit dem verwünsch= ten Seiltanzen nimmt es noch einmal ein böses Ende. Und wenn Ihr's noch nöthig hättet! Aber die Reiterei ist weit ehrenvoller, und bringt hun= dert Mal mehr Geld ein, als der halsbrechende Lauf."

„Aber er macht Aufsehen!" rief Georgine rasch. „Wenn sich die Kunde verbreitet, daß Georg ge= wagt hat, was vor ihm noch Keiner wagte, strömt das Volk von nah und fern herzu, ihn zu sehen."

„Sie denken gar nicht daran," sagte der Alte finster, „und Du solltest gerade die Letzte sein, die dem Tollkopf auch noch zuredete, sein Leben an solch einen Quark zu wagen. Was wird aus Dir, aus uns Allen, wenn er den Hals bricht, oder selbst nur zum Krüppel stürzt?"

„Und geht er nicht so sicher auf dem Seil, wie hier auf ebenem Boden?" rief die Frau.

„Papperlapapp! mir mußt Du so etwas nicht sagen," meinte aber kopfschüttelnd der Hanswurst. „Mein Bruder, der lange Franz, mit dem ich meine tollsten Jahre verlebt, war ein so tüchtiger Seil=

tänzer wie nur Einer, und wie er zuletzt glaubte,
er könnt's ganz allein, und höher und immer
höher stieg, passirte ihm doch einmal etwas Mensch=
liches. Ob er den Krampf bekam, ob er schwindelig
wurde — er hat's keinem Menschen mehr erzählt,
aber ich seh' ihn noch vor mir, wie er da oben
haushoch über die staunende Menschenmenge hin=
lief, daß wir unten, gegen den grauen Himmel
hin, nicht einmal mehr das Seil erkennen konnten
— ich sehe ihn noch vor mir, wie er auf einmal
schwankte, wie ihm die Stange aus der Hand fiel,
und ein Schrei von den Tausenden — ein furcht=
barer Schrei zu ihm hinaufgellte — dann kam
ein dumpfer Schlag und — als ich wieder scheu
den Kopf hob, lag ein häßlicher, blutiger Klum=
pen vor mir — der lange Franz. — Seit dem
Tage hab' ich kein Seil wieder betreten."

Bertrand war vor dem Alten stehen geblieben,
aber sein Blick schweifte über ihn hin nach seinem
Weibe, das halb abgewandt von ihm, die rechte
Hand auf das Fensterbret gestützt, den Kopf un=
willig und langsam hin und her wiegend am
Fenster lehnte.

„Du hättest etwas Gescheidteres thun können,"
sagte sie jetzt, während der Vater, in der Erin=
nerung noch zusammenschaudernd, schwieg, „als ihm

gerade heute die Geschichte erzählen. Daß etwas Derartiges passiren kann, weiß ich auch, aber eben die Möglichkeit desselben übt den Reiz auf die Zuschauer, gründet den Ruf des kühnen Läufers. Wäre keine Gefahr dabei, wer würde sich die Mühe geben, auch nur zuzusehen?"

"Du hast gut reden," sagte der Alte finster.

"Und glaubst Du, ich fürchte die Gefahr?" rief rasch und heftig die Frau, "glaubst Du, ich redete ihm zu, wenn ich sie nicht theilen wollte? — Ich werde ihn begleiten."

"Du? — auf dem Thurmseil?" lachte kopfschüttelnd ihr Vater. "Du bist nicht gescheidt!"

"Das geht nicht, Georgine," sagte Bertrand. "Wenn ich mich selber auch sicher genug da draußen weiß, nicht das Schicksal des „langen Franz" zu befürchten, möchte ich doch nicht die Angst für Dich mit hinausnehmen. Außerdem weißt Du selber, daß es viel schwerer ist, zu Zweien als allein das Seil zu begehen."

"Pah! wir sind so oft zu Zweien drauf gewesen."

"Allerdings, doch nicht in solcher Höhe."

"Und welcher Unterschied ist zwischen Haus- und Thurmhöhe? Ein Sturz wäre von der einen genau so verderblich wie von der anderen."

"Gewiß! aber Du selber hast ein Seil in solcher

Höhe noch nie betreten; Du weißt nicht, wie es
Dich erregen würde — doch wir streiten da um
einen ganz nutzlosen Gegenstand. Bis jetzt hat es
mir der Magistrat verboten, und ob mein direct
an den Fürsten gerichtetes Gesuch einen andern
Erfolg haben wird, weiß ich noch nicht."

„Ein Adjutant des Fürsten war heute Morgen
hier," sagte Georgine; „ich bezweifle aber, ob in der
Angelegenheit. Jedenfalls wollte er Dich sprechen."

„Ein Adjutant des Fürsten?" rief Bertrand rasch
— „und weßhalb hast Du mich da nicht rufen
lassen?"

„Er hatte keine Zeit. Dort liegt seine Karte.
Er ersucht Dich, ihn morgen früh zwischen acht
und zehn Uhr zu besuchen."

„Sonderbar!" sagte Bertrand und schritt lang=
sam zu dem Tisch, auf dem die Karte lag. Georgine
hatte sich dem Fenster zugewandt und sah hinaus,
und der Alte nähte den letzten abgerissenen großen
weißen und ballähnlichen Knopf an seine Jacke.

„Nun?" sagte Georgine endlich, als Bertrand
noch immer schwieg, indem sie sich nach ihm um=
drehte. „Kennst Du den Herrn?"

Bertrand antwortete nicht. Er hielt die Karte
zwischen den Fingern; seine Augen hafteten dar=
auf, aber er sprach kein Wort. Georgine schritt

hinüber zu ihm und sah über seine Schulter auf
die Karte nieder; erst als er noch immer nicht
sprach, schaute sie zu ihm auf und erschrak über
die plötzliche Bläſſe seiner Züge.

„Was fehlt Dir, Georg?" rief sie. „Du siehst
kreideweiß aus. Was iſt mit dem Fremden?"

„Kreideweiß?" lächelte Bertrand, aber ihrem
scharfen Blick entging nicht, welche Gewalt er sich
dabei anthun mußte, wenn er auch sonſt seine
ganze Faſſung und Ruhe behielt. — „Du träumſt.
Aber wer brachte diese Karte?"

„Der, deſſen Namen sie trägt."

„Wolf von Geyerſtein," flüſterte Bertrand halb=
laut vor sich hin, aber es war, als ob er die
Worte mehr zu sich selber spräche, als sie für ein
anderes Ohr beſtimmte.

„Du kennſt ihn?" fragte die Frau, und ihre
Augen hingen erwartend an denen des Gatten.

„Ich kenne den Namen," sagte dieser ruhig —
„kannte wenigſtens Einen, der ihn trug — aber
das ist lange Jahre her und war auch an einem
andern Orte — weit von hier."

„Und der hieß Wolf von Geyerſtein?"

„Nein — sein Vorname ist mir jetzt entfallen;
aber der — lebt auch nicht mehr."

„Ein Verwandter denn — ein Bruder vielleicht?"

„Möglich," sagte Bertrand gleichgültig, „aber wir werden ja sehen. Also morgen?"

„Morgen früh zwischen Acht und Zehn. — Du glaubst also nicht, daß es auf Deine Eingabe Bezug haben könnte?"

„Und warum nicht? — was sonst hätte ich mit einem Adjutanten des Fürsten zu thun und zu verkehren? — Aber mach' Dich fertig; die Zeit vergeht, und es muß drei Uhr vorbei sein. Die Leute drängten sich schon zur dritten Gallerie, als ich herüberkam."

„Heute giebt's eine gute Einnahme," sagte der Alte, der seinen Plunder aus den verschiedenen Zimmerecken zusammensuchte — „wo zum Teufel ist jetzt meine Pritsche? Ich habe sie gestern Abend dort auf den Stuhl gelegt."

Georgine verließ das Zimmer, noch Einiges für ihre Garderobe zusammenzusuchen, und Georg stand noch immer und starrte still und schweigend auf die Karte nieder, bis er sich endlich, als er die Frau zurückkommen hörte, davon losriß und seinen Hut ergriff.

Es war in der That Zeit für den Circus, und alle anderen Gedanken nahm der Augenblick vollkommen in Anspruch.

4.

Ueber den Landgrafen-Platz wälzte sich eine
jubelnde Volksmasse herüber, als Graf Geyerstein
gerade das Haus verlassen wollte. Ein Kameel,
mit einem Affen auf dem Rücken, wurde dort vor-
beigeführt, und von allen Seiten strömte das
Meßvolk hinzu, den seltenen Anblick zu genießen.

Eine Equipage, die des Weges kam, sah sich
der Menschenmasse plötzlich gegenüber, und da
der Kutscher vielleicht auch fürchten mochte, daß
seine lebhaften Pferde vor dem Kameel sich scheuen
könnten, so bog er rasch nach rechts in die, wenn
auch schmale, doch kurze Rosenstraße ein, dadurch
dem lärmenden Volk aus dem Wege zu kommen.

Der Graf von Geyerstein hörte wohl das
Rasseln der Räder, das jauchzende Toben der sich
heranwälzenden Schaar, aber er sah nicht, was
um ihn her vorging. Den Hut fest in die Augen
gedrückt, die Blicke am Boden, schritt er aus dem

Hause, und wollte eben links nach dem Platze zu
einbiegen, als eine lachende Mädchenstimme seinen
Namen rief.

Fast unwillkürlich schaute er empor und sah
sich der Equipage des Kriegs=Ministers von Ralphen
gegenüber, der, mit seiner Tochter Melanie im
Fond, mit Rosalie und ihrer Gouvernante auf
dem Rücksitz, von einem Besuch oder einer Spa=
zierfahrt nach Hause zurückkehrte.

Rosalie nickte ihm freundlich zu, und während
ihn auch die Excellenz grüßte, bemerkte er nicht,
wie Melanie den erstaunten Blick auf ihm haften
und dann nach dem Hause hinaufschweifen ließ.
Da erkannte sie oben am Fenster die Gestalt
Georginens, und als sie mit kalter Verbeugung
seinen überraschten Gruß erwiederte, war der Wa=
gen im nächsten Augenblick die Straße hinab ver=
schwunden. Der Rittmeister aber, ohne ihnen auch
nur nachzuschauen, fand sich gleich darauf in dem
das Kameel umtobenden, lachenden, kreischenden
Schwarme von Menschen, durch den hindrängend
er seinen Weg heimwärts suchte.

Seinen Burschen Karl fand er dort übrigens
schon in Verzweiflung seiner harrend, denn eine
Ordonnanz hatte einen Befehl des Fürsten ge=
bracht, der ihn eine Stunde vor Tafel in's Schloß

berief, und bis er Toilette machen konnte, war
die Zeit verstrichen.

Karl schüttelte auch, während er seinem Herrn
dabei half, sehr bedenklich mit dem Kopfe, denn
der Rittmeister sprach, ganz gegen seine sonstige
Gewohnheit, kein Wort. Nur als er fertig war,
begehrte er einen Wagen und fuhr in's Schloß.

Dienstsachen hielten ihn dort bis zur Stunde
des Diners beschäftigt, und das Diner selber ver-
lief dann, wie alle derartigen steifen Festtafeln
gewöhnlich verlaufen.

Es waren ungefähr fünfzig Personen geladen
worden, und die Säle schwärmten dazu im wahren
Sinne des Wortes von geschäftigen und müßigen
Lakaien in höchster Galla und in höchster Eile,
die herüber und hinüber stürzten, das zu besorgen und auszuführen, wozu beim dritten Theile
von ihnen die Hälfte überflüssig gewesen wäre.

Der Haushofmeister prüfte noch mit scharfer
Brille die Etiquetten und Siegel der verschiedenen
Flaschen, und befahl, welche Sorten in Eis zu
bleiben hatten, welche nicht, und der an die Suppe
stationirte Beamte warf schon verzweiflungsvolle
Blicke nach den beiden an die Flügelthüren postir-
ten Lakaien hinüber, denn seit einer vollen Viertelstunde war Sr. Königlichen Hoheit angezeigt, daß

die Tafel servirt wäre, und trotzdem kamen die
Herrschaften nicht.

Noch einmal zu erinnern, ging auch nicht an
— aber der Magen des gnädigsten Herrn half
ihnen endlich aus der Noth. Er gab das Zeichen,
die Flügelthüren schossen aus einander, und der
ganze Zug der Herrschaften und Gäste bewegte
sich unter der geheimnißvollen Leitung des Haus-
marschalls in den Saal. Im Nu war Jedem hier
sein Platz bezeichnet — nicht nach geselliger Wahl,
sondern nach strengem Standesunterschied und
Rang, und wie die Zähne eines trefflich in einander greifenden Räderwerkes schoben sich jetzt die
Teller, von weißen Handschuhen lautlos dirigirt,
zwischen die Sitzenden. — Und Gänge und Weine
wechselten wie das Gespräch, das, jetzt lebendiger
werdend, hin und wieder flog und dem nur einzelne, mit Liebe den Getränken zusprechende alte
Herren hartnäckig widerstanden.

Und wie süß die Damen lächelten, und wie
rücksichtsvoll die Herren sprachen, und wie heimlich, aber deßhalb nicht weniger gut gemeint, der
Haushofmeister einem oder dem andern der un-
aufmerksam gewesenen Lakaien einen Knuff ver-
setzte und ihn blitzesschnell bald da, bald dort hin-
übersandte!

Da klirrte ein Teller auf den getäfelten, spie=
gelglatten Boden nieder und zerbrach in tausend
Scherben — der Haushofmeister wurde todten=
bleich. Der arme Sünder, der das Verbrechen
verübt, stand wie vernichtet — aber keiner der
Herrschaften oder Gäste wandte den Kopf. Nur
ein paar nervenschwache Damen zuckten zusammen
— sonst hatte Niemand es gehört, und die übri=
gen Lakaien, hier und da einen lächelnden Blick
mit einander wechselnd, flogen eifriger, geschäfti=
ger umher als je.

Der Fürst legte endlich seine Serviette auf
den Teller und richtete sich empor. Die Tafel
war aufgehoben, und in den zunächstliegenden Ge=
mächern wurde der Kaffee umhergereicht.

Dort sammelten sich die Gäste in verschiede=
nen Gruppen, während Se. Königliche Hoheit von
einer zur andern ging, ein paar freundliche Worte
bald an Den, bald an Jenen richtend.

Graf Geyerstein hatte sich indeß umsonst be=
müht, in die Nähe der ebenfalls anwesenden Com=
tesse Melanie zu gelangen. Zuerst war die Com=
tesse von der Fürstin selber in Anspruch genom=
men, und dann fand er sie zwischen zwei alte
verwitterte Staatsdamen so hineingezwängt, daß
ihr von keiner Seite beizukommen war. Auch

schien sie das gar nicht zu wünschen, denn sie unterhielt sich auf das Lebhafteste mit den beiden von Bändern und Schmuck bedeckten Ueberresten eines vergangenen Jahrhunderts und hatte für Niemanden weiter im Saale Augen.

An einem der Fenster fand er endlich den Cabinets-Secretair des Fürsten in lebhaftem Gespräch mit zwei jungen Damen wie ein paar anderen Herren, und der Name des Kunstreiters Bertrand fesselte hier zuerst seine Aufmerksamkeit. Er trat näher und traf die kleine Gruppe in lebendiger Debatte, weniger über die Leistungen des Mannes und seiner Gesellschaft, — als seine Familienverhältnisse. In der Stadt hatte sich nämlich das Gerücht verbreitet, Madame Georgine stamme aus einer altadeligen französischen Familie und sei von dem kühnen Reiter und Seiltänzer unter den abenteuerlichsten Verhältnissen aus einem Kloster entführt und zum Kunstritt erzogen worden. Ueber die Sache selber schien man auch vollständig einig, nur über den frühern Namen der Dame schwankten die Meinungen, und Alles wandte sich in vollem Eifer gegen den jungen Grafen, als dieser das ganze Gerücht bezweifeln wollte. War er doch im Begriff, sich an der ganzen Gesellschaft

zu versündigen, indem er ihr den pikantesten Stoff
zur Conversation damit zu rauben gedachte.

Wie die Debatte gerade am Lebendigsten war,
näherte sich der Fürst mit einem jungen Fremden,
der sich seit einigen Tagen in *** aufhielt, der
Gruppe, die sich augenblicklich gegen ihn öffnete.

„Ah, lieber Geyerstein," wandte er sich zugleich
gegen den Rittmeister, „was für einen Kampf füh=
ren Sie denn hier? Aber ich weiß nicht einmal,
ob sich die Herren schon kennen? — Rittmeister
Graf von Geyerstein — Graf Selikoff aus St. Pe=
tersburg. — Doch um was handelte hier Ihr
Streit, wenn man fragen darf?"

Die beiden jungen Leute verbeugten sich gegen
einander, und Fräulein von Zahbern, die eine
der Damen, antwortete: „Um kein Geheimniß, Kö=
nigliche Hoheit, und doch auch wieder ein Geheim=
niß, nämlich um die Abstammung der Frau des
Kunstreiters."

„Ah, apropos, Lerchenstein, wie steht denn die
Sache mit jenem Monsieur Bertrand?" wandte
sich der Fürst an seinen Geheim=Secretair. „Haben
Sie mir nicht gestern Morgen etwas darüber
vorgelegt?"

„Allerdings, Königliche Hoheit. Es betraf die
verweigerte Erlaubniß des Magistrats, daß der

etwas tollkühne Mensch zwischen den beiden Thür=
men der Katharinenkirche ein Seil aufspanne, um
darauf seine Künste zu zeigen."

„Ganz recht. Jetzt erinnere ich mich. Ja, was
soll man da thun? Der Magistrat wird wohl
seine Gründe gehabt haben, es ihm zu verbieten,
wenn ihm auch eigentlich kein Mensch verwehren
kann, seinen Hals zu wagen. Meinen Sie nicht,
Geyerstein?"

„Ich meine, Königliche Hoheit, daß es ein wohl=
thätiges Verbot war. Es heißt an Gott gefrevelt,
seine Glieder in solcher Weise der fast gewissen
Gefahr preiszugeben."

„Das nehmen Sie aber doch wohl zu ernst,
lieber Geyerstein," sagte der Fürst; „denn wenn Sie
so weit gehen wollen, dürfte ich das Seiltanzen
überhaupt nicht gestatten. Ich meines Theils
thäte das auch mit dem größten Vergnügen, aber
wo die Grenze nachher ziehen zwischen gefähr=
lichen und weniger gefährlichen Künsten, und wie
stände es dann selber um die Equilibristik?"

Der Rittmeister schwieg, denn er erinnerte sich,
daß er fast dieselben Einwendungen, mit beinahe
den nämlichen Worten vor ganz kurzer Zeit der
Comtesse Melanie gemacht. Fräulein von Zah=
bern aber rief: „Der Herr Rittmeister ist ein durch=

aus grausamer Mensch, er will uns jede Unter=
haltung rauben."

„Und würden Sie, mein gnädiges Fräulein,
wirklich eine Unterhaltung darin finden," entgeg=
nete der Rittmeister, „einen Menschen zwischen zwei
Thürmen auf einem dünnen Seile spazieren gehen
zu sehen? Würden Sie sich an einem Schauspiel
ergötzen können, bei dem Sie jeden Augenblick
fürchten müßten, daß es damit endete, Ihnen den
zerschmetterten Leichnam vor die Füße zu senden?"

„Sie gebrauchen gräßliche Ausdrücke, Herr Graf,"
rief das gnädige Fräulein, ihren Fächer in Schau=
der vor die Augen hebend; „aber Monsieur Ber=
trand fällt auch nicht herunter, er ist ja ein Seil=
tänzer."

Graf Geyerstein zuckte die Achseln. Selikoff
aber sagte: „Ich glaube, das gnädige Fräulein hat
im Grunde recht. Der Broderwerb fast aller die=
ser sogenannten Meßkünstler ist lebensgefährlich,
seien das nun Kunstreiter, Seiltänzer, Thierbän=
diger, Feueresser, oder was immer, und wollte man
die Leute aus übertriebener Humanität daran ver=
hindern, sich möglicher Weise den Hals zu bre=
chen, so gäbe man sie sicher dem Verhungern
preis, oder zwänge sie wenigstens, ihr Brod, das
sie nun einmal haben müssen, sich auf irgend

eine andere ungesetzliche Art und Weise zu er=
werben."

„Das ist schön von Ihnen, Herr Graf," rief das
Fräulein von Zahbern, fröhlich in die Hände schla=
gend, „daß Sie uns das Wort reden, dem sehr ge=
strengen Herrn Rittmeister gegenüber."

„Aber, mein gnädiges Fräulein…"

„Ich lasse gar keine Entschuldigung gelten," rief
die junge Dame, „denn S i e gerade sollten der Letzte
sein, der sich halsbrechenden Künsten widersetzt."

„Und warum ich?"

„Weil Sie fortwährend die wildesten, unbän=
digsten Pferde ganz unnöthiger Weise selber rei=
ten, und wenn Sie den Seiltanz verboten haben
wollen, trage ich bei Sr. Königlichen Hoheit wahr=
haftig darauf an, daß er Ihnen auch verbietet,
Ihr Leben so muthwillig dem Eigensinne des
ersten, besten Pferdes preiszugeben."

„Ich glaube selber, Sie sind da zu streng, mein
guter Geyerstein," sagte jetzt auch der Fürst. „Es
ist einmal Messe, und wenn ich dem Seiltänzer
verbieten will, sein Seil so hoch zu spannen, wie
es ihm beliebt, muß ich auch dem Menagerie=Be=
sitzer — wie heißt er gleich? — untersagen, mit
den Hyänen zu frühstücken und seinen Kopf in
des Tigers Rachen zu stecken."

„Also befehlen Königliche Hoheit?" fragte der Secretair.

„Laſſen Sie den Magiſtrat erſuchen, dem Manne kein Hinderniß in den Weg zu legen," ſagte der Fürſt.

„Zu Befehl, Königliche Hoheit."

„Und — was ich noch gleich ſagen wollte," fuhr der Fürſt fort, „wo ſteckt denn eigentlich unſere kleine Comteſſe von Ralphen? Ich habe mich in der letzten Viertelſtunde vergebens nach ihr um=geſehen."

„Dort drüben, mein gnädigſter Herr," erwiederte der Rittmeiſter, mit einer leichten Verbeugung nach der Richtung hinüberdeutend, in der er die junge Dame wußte. „Comteſſe Melanie hat ſich den beiden Staatsdamen angeſchloſſen."

„Ah — danke — kommen Sie, Selikoff; ich ſehe unſere ſchöne Comteſſe ſchon; alſo auf Wie=derſehen!" Und mit freundlichem Nicken verließ er die ſich tief verbeugende Gruppe.

Natürlich hatte das Geſpräch dadurch augen=blicklich eine andere Wendung genommen. Der Kunſtreiter, deſſen Sache man überdies als erle=digt betrachtete, war vergeſſen, und die Unterhal=tung drehte ſich ausſchließlich um den jungen, frem=den Grafen Selikoff, den Einige mit einer gehei=

men politiſchen Miſſion am hieſigen Hofe betraut
haben wollten. Er ſollte dabei ſteinreich und,
einer der erſten ruſſiſchen Familien angehörend, ſo=
gar der Liebling des Czaaren ſein; ſo wenigſtens
behauptete Fräulein von Zahbern, die einen wah=
ren Schaß von·Kenntniſſen in dieſer Angelegen=
heit entwickelte.

Graf Geyerſtein hatte ſich indeſſen ſchon lange
von der Gruppe zurückgezogen und verfolgte faſt
unwillkürlich mit den Blicken den jungen Ruſſen,
mit dem der Fürſt gerade jeßt zur Comteſſe von
Ralphen trat. Ihm war es faſt, als ob Mela=
nie's Auge über die Schulter des Fremden hin
i h n geſucht habe — aber er hatte ſich doch wohl
geirrt, oder die neue Bekanntſchaft nahm ſie ſo in
Anſpruch, daß ſie des alten Freundes nicht wei=
ter gedachte. Wie ſüß und lieb ſie den jungen
Fremden anlächelte, und wie leichtherzig tändelnd
das ſchöne Mädchen, als der Fürſt ſie ſich ſelber
überlaſſen hatte, mit ihm den Salon hinunter ſchritt!

„Cher comte! Sie ſchneiden ein ganz verzwei=
felt finſteres und feſtwidriges Geſicht," lächelte in
dieſem Augenblicke ein kleiner, ſchmächtiger, mit
Goldſtickereien und Orden faſt bedeckter Herr, der,
den dreieckigen Hut unter den Ellbogen gedrückt,
ſeinen Arm vertraulich in den des Grafen ſchob.

Es war eine eigenthümliche und, einmal ge=
sehen, kaum wieder zu vergessende Persönlichkeit,
dieser Herr von Zühbig, dessen Gesicht mit dem
tief hinabgedrehten, schwarzen Schnurrbart, wie den
hinaufgezogenen, etwas starken Augenbrauen den
unverkennbaren Ausdruck trug, als ob er perma=
nent über irgend einen Gegenstand sein äußerstes,
aber auch unterthänigstes Bedenken ausdrücken
wolle. Der Mann sprach auch eigentlich nie,
er lispelte nur, und lispelte dabei so süß, so lieb,
so herzlich, recht aus tiefster Seele, daß man ihm
zuletzt den Schnurrbart gar nicht mehr glaubte.

„Habe ich wirklich so ein finsteres Gesicht ge=
macht, Herr Intendant?" sagte Geyerstein, sich zu
ihm wendend.

„Entsetzlich," rief der Höfliche, und die Augen=
brauen berührten fast das wohlgelockte und geölte
Haar.

„Dann denunciren Sie diesen Verstoß gegen
die Etiquette um Gotteswillen nicht dem Cere=
monienmeister. Uebrigens gebe ich Ihnen die Ver=
sicherung, daß es nur ganz in Gedanken geschehen
sein kann, ohne den geringsten Grund, denn ich
dachte wirklich eben nur an ganz gleichgültige,
unbedeutende Sachen."

„Apropos, Herr Graf, haben Sie die neue

Robe unserer Allergnädigsten schon bewundert?
Sie ist wirklich magnifique."

„Ich muß Ihnen meine Unaufmerksamkeit ge=
stehen; ich habe es in der That noch n i ch t gethan."

„Dann versäumen Sie keinen Augenblick län=
ger, cher comte. Die Herrschaften werden sich
überdies sehr bald wieder zurückziehen. Unser
gnädigster Herr war so unendlich huldreich heute
— Sie hatten vorher eine längere Audienz bei
Sr. Königlichen Hoheit, nicht wahr? Wohl Dienst=
sachen?"

„Allerdings."

„Königliche Hoheit haben nichts über die gestrige
Vorstellung erwähnt?"

„Nicht, daß ich mich erinnere."

„Herr General=Intendant," flüsterte in diesem
Augenblicke ein Kammerherr an seiner Seite, „Se.
Königliche Hoheit wünschen..."

„Zu Befehl!" rief der Geschmeidige, indem er
in dem Moment auch fast um wenigstens sechs
Zoll kleiner wurde, und den Arm des Kammer=
herrn ergreifend, schritt er mit diesem, nach einem
huldreichen, überglücklichen Lächeln gegen den Gra=
fen, der Richtung zu, in der sich der Fürst befand,
unterwegs indessen die ihm übersandten Befehle
des Herrn entgegenzunehmen.

Noch stand der Rittmeister auf seiner Stelle, wo ihn von Zühbig verlassen hatte, als ein Herr, ein großer, stattlicher Mann mit militairischem Anstand, aber glatt rasirtem Gesichte, mehr jedoch noch durch seinen einfach schwarzen Frack, an dem nicht ein einziger Orden prangte, gegen die übrige gestickte, geschmückte und uniformirte Gesellschaft abstechend, zu ihm trat. Es war der amerikanische Gesandte, Oberst Pollard, erst seit kurzer Zeit in ***.

„Mein Herr Graf," redete er den jungen Mann an, den er schon früher kennen gelernt und liebgewonnen hatte, „ich muß Sie um eine Auskunft bitten."

Der Graf verbeugte sich leicht.

„Wer war der Herr, der Sie eben verlassen hat?" fragte der Oberst. „Es soll ein französischer General bei Tafel gewesen sein. — War jener Herr vielleicht...?"

„Da thun Sie ihm Unrecht," lächelte der Rittmeister. „Herr von Zühbig ist der harmloseste und am wenigsten blutdürstige Mann seines Jahrhunderts, obgleich allwöchentlich zahlreiche Personen unter seiner Leitung theils erstochen werden, theils an gebrochenem Herzen sterben."

„Sie sprechen in Räthseln."

„Es ist der General-Intendant unseres Hof-
theaters."

„Und trägt einen wahren Panzer von Orden?"
sagte der Amerikaner erstaunt.

„Mr. Pollard," lachte der Graf, „Sie sind erst
zu kurze Zeit in Deutschland, um sich hier an
unsere Sitten und Gebräuche schon hinlänglich ge-
wöhnt zu haben. Aber — erinnern Sie sich
wohl, daß Sie mir neulich einmal von Ihren In-
dianern erzählten, die gewisse Kerbhölzer haben
sollen, an denen sie ihre verschiedenen Zeitab-
schnitte sowohl, wie außergewöhnliche Begebenhei-
ten ihres Lebens anzeichnen?"

„Allerdings."

„Nun gut! — unsere Höflinge — das Wort
jedoch in der freundlichsten Weise gebraucht —
sind eben so die Kerbhölzer der Fürsten, an denen sich dieselben für alle Geburts-Anzeigen be-
freundeter Höfe, für Besuche auswärtiger Poten-
taten, überhaupt für festliche und außergewöhnliche Gelegenheiten — ein Zeichen machen. Für
ein so zierliches Kerbholz gehört aber auch, wie
Sie mir zugestehen werden, ein zierlicher Schmuck,
und — voilà."

Oberst Pollard lächelte still vor sich hin, als
plötzlich eine allgemeine Bewegung in den Salons

entstand. Die Herrschaften zogen sich zurück, und die Gruppen der Gäste neigten sich tief und ehr= furchtsvoll dem Herrscherpaar. Und jetzt auf ein= mal kam reges natürliches Leben in die bis dahin noch so steife, förmliche Menschenmenge. Al= les brach auf, und wie der Fürst mit der Fürstin den Saal verlassen hatte, zogen sich die Gäste ebenfalls den Thüren zu.

Der Amerikaner war von dem jungen Grafen durch einige dazwischentretende Herren vom Hofe getrennt worden, als sich Graf Geyerstein wieder angeredet sah.

Es war diesmal durch eine ihm eben nicht angenehme Persönlichkeit, mit der er bis jetzt auch noch keinen Verkehr gehalten hatte: ein noch sehr junger, ungemein geschniegelter, Parfüm duften= der Herr, mit kleinem, stark gewichstem, pechschwar= zem Schnurrbart, gebogener Nase und sehr leben= digen, rasch umherschweifenden schwarzen Augen, zwei große ausländische Ordenskreuze auf der Brust, mit Einem Worte, der Sohn eines erst vor kurzer Zeit baronisirten, sehr reichen Ban= quiers, dessen Vater mit dem Hofe in fortwäh= render Verbindung stand.

„Herr Graf," sagte der junge Mann, sich selbst= gefällig dem Rittmeister vorstellend, „Sie müssen

mich entschuldigen, wenn ich mir die Freiheit
nehme, mich selber bei Ihnen einzuführen. Ich
bin Baron Hugo von Silberglanz und habe schon
lange nach dem Vergnügen und der Ehre getrach=
tet, Ihre persönliche Bekanntschaft zu machen.“

„Herr Baron,“ sagte der Graf, „es war mir
sehr angenehm, Ihre Bekanntschaft gemacht zu ha=
ben;“ und sich leicht und kalthöflich vor ihm neigend,
schritt er an ihm vorüber den Saal entlang.

Baron Hugo von Silberglanz blieb, etwas
verdutzt über diesen Empfang, noch einige Secun=
den an derselben Stelle stehen, als er den Blick
des Geheimen Medicinalrathes von Zädnitz mit
innigem und boshaftem Vergnügen auf sich haf=
ten sah. Er fühlte, wie er roth wurde, und sich
rasch und mit einem vollständig gleichgültigen
Blicke emporraffend, warf er den Kopf zurück und
schritt einem der Seitengemächer zu.

Graf Geyerstein indessen, der schon gar nicht
mehr an den faden Menschen dachte, suchte noch
der Comtesse Melanie zu nahen, denn bis jetzt war
er nicht im Stande gewesen, ein einziges Wort mit
ihr zu wechseln — aber es gelang ihm nicht. Ein=
mal glaubte er allerdings, daß ihr im Saale um=
herschweifendes Auge ihn wenigstens streifte —
doch konnte sie ihn nicht gesehen haben, denn

schon im nächsten Moment wandte sie sich wieder ihrem jetzigen Begleiter, dem jungen Grafen Se= likoff zu, an dessen linker Seite Fräulein von Zahbern dahinschritt und sehr angelegentlich auf ihn einsprach.

„Sehen Sie nur, wie sich die Zahbern an den Selikoff drückt, und wie bezaubernd sie zu ihm hinüber lächelt," flüsterte nicht weit von ihm der Cabinets = Secretair einem neben ihm gehenden Kammerherrn des Fürsten zu.

„Das hilft ihr doch nichts," erwiederte dieser, „er scheint nur Auge und Ohr für die kleine Ral= phen zu haben."

„Die arme Zahbern," lächelte der Secretair, „und sie giebt sich so viel Mühe!"

„Und hat schon so viel bittere Erfahrungen ge= macht!" sagte der Kammerherr.

Die beiden Herren schlenderten langsam der Thür zu, ließen sich draußen von den Lakaien ihre Pa= letots überhängen und stiegen die Treppe hinun= ter, ihren Wagen dort zu erwarten. Auch Graf Geyerstein folgte ihnen und sah eben nach, wie der junge Russe mit dem Kriegs= Minister von Ralphen und Melanie in deren Equipage stieg und in die Stadt hineinfuhr.

„Aber, Herr Graf, Sie antworten mir ja gar

nicht," sagte in diesem Augenblick eine vorwurfs=
volle Stimme an seiner Seite, und Fräulein von
Zahbern schaute mit einem freundlich verweisen=
den Blicke zu ihm auf.

„Mein gnädiges Fräulein, ich bitte tausend
Mal um Entschuldigung — das Rasseln der Wa=
gen — Sie befehlen?"

„Gar nichts, lieber Graf; ich meinte nur, daß
der junge Graf Selikoff ein höchst liebenswürdi=
ger Mensch ist — er war so artig; die alte Ex=
cellenz weiß auch wohl, was sie thut."

„Wer? — Herr von Ralphen?"

Fräulein von Zahbern nickte.

„Der junge Graf ist steinreich, ein Wort, das
man ganz vorzüglich von den Russen gebrauchen
kann, denn sie wühlen in Diamanten, und bei
Ralphens sollen die Vermögensverhältnisse — Sie
wissen, man munkelt da Verschiedenes."

„In Kaffee=Gesellschaften?"

„Nur nicht boshaft, wenn ich bitten darf!"

„Aber, mein gnädiges Fräulein..."

„Ich weiß schon, was Sie sagen wollten —
auf uns arme Frauen wird von diesen sogenann=
ten Herren der Schöpfung am Liebsten gleich Alles
gewälzt. Das habe ich übrigens aus ganz siche=
rer Quelle und nicht aus einer Kaffee=Gesellschaft."

6*

„Daß die sogenannten Herren der Schö=
pfung...?"

„Da nicht sehen wollen, wo sie selber blind
sind," sagte die junge Dame mit sehr scharfer Be=
tonung das selber.

„Und sind sie da nicht vollkommen entschul=
digt?" lächelte der Graf.

„Der Kriegs=Minister wird Alles daran wen=
den, den Russen hier zu fesseln," fuhr die junge
Dame fort.

„Glauben Sie?"

„Was die Augen sehen, glaubt das Herz."

„Und wenn wir den Satz umdrehen?"

„Sie sind unausstehlich heute, Graf!" rief die
Dame; „für meine freundliche Warnung hätte
ich andern Dank verdient."

„Für Ihre Warnung, mein gnädiges Fräu=
lein?" sagte Graf Geyerstein erstaunt.

„Thun Sie nur nicht so unschuldig," rief die
junge Dame, „und trauen Sie der Residenz nicht
zu, daß sie blind ist, wenn Sie blind sein wollen.
Sie kennen doch die Fabel vom Strauß?"

„Mit dem Kieselsteine=Verschlucken?"

Fräulein von Zahbern wollte etwas darauf
erwiedern, aber sie biß sich auf die Lippen. „Wem
nicht zu rathen ist, lieber Graf," sagte sie endlich,

indem sie sich gegen ihn verneigte, „dem ist auch nicht zu helfen — ich sehe, da ist mein Wagen — à revoir."

„Mein gnädiges Fräulein..."

„Apropos — werden Sie heute Abend den Circus besuchen?"

„Es ist Meß-Sonntag."

„Leider Gottes, und ich ginge so gern! Madame Bertrand soll eine reizende Frau sein. Graf, Graf, nehmen Sie sich in Acht!"

Fräulein von Zahbern drohte ihm dabei, als er ihr gerade den Arm bot, sie in den Wagen zu heben, lächelnd mit dem Finger.

„Wieder eine Warnung, mein gnädiges Fräulein?" fragte der Rittmeister.

„Ich will weiter nichts gesagt haben," erwiederte die Dame, und die weitere Unterhaltung wurde durch das Anziehen der Pferde abgebrochen.

Der Rittmeister schritt langsam seiner eigenen Wohnung zu.

5.

Am nächsten Morgen war Graf Geyerstein früh aufgestanden und hatte einige Briefe geschrieben. Nach dem Frühstück ging er unruhig in seinem Zimmer auf und ab, und sah wohl hundert Mal nach der Uhr, deren Zeiger ihm nie so langsam fortgeschlichen waren, wie gerade heute.

Endlich schlug es acht. Sein Bursche Karl trat herein und fragte nach den Briefen, die ihm der Herr Rittmeister befohlen hätte auf die Post zu schaffen.

„Warte noch einen Augenblick, ich bin noch nicht fertig," lautete die Antwort. „Hat noch Niemand nach mir gefragt?"

„Noch nicht, Herr Rittmeister."

„Ich werde Dich rufen, wenn ich Dich brauche."

Der Bursche schloß die Thür wieder, und der Rittmeister setzte mit untergeschlagenen Armen seinen unruhigen Spaziergang fort.

Es schlug halb neun, da klingelte draußen die Vorsaalthür, und der Rittmeister zuckte zusammen. Er blieb stehen und horchte; draußen wurden Stimmen laut, und gleich darauf trat Karl ein und überreichte ihm eine Karte, die den einfachen, außerordentlich fein darauf gestochenen Namen trug „George Bertrand."

„Es ist gut," sagte der Rittmeister; „laß — laß den Herrn eintreten — aber warte. Hier, nimm das gleich mit fort: diese beiden Briefe auf die Post — diese Bücher hier kommen zum Buchbinder, und hier die Koppel trägst Du zum Sattler und läßt Dir eine andere Schnalle für die gebrochene ansetzen. Du magst gleich darauf warten."

„Zu Befehl, Herr Rittmeister."

„Also bitte den Fremden, einzutreten, und halt. Dich nicht länger auf, als nöthig ist."

Der Bursche verschwand wieder, gleich darauf aber öffnete sich auf's Neue die Thür und schloß sich hinter dem eingetretenen Fremden, der mit leiser, aber fester Stimme und leichter Verneigung sagte: „Sie haben gewünscht, mich zu sprechen, Herr Graf."

Graf Geyerstein stand der hohen, männlichen Gestalt des Kunstreiters Bertrand gegenüber, aber er antwortete keine Sylbe. Todtenbleich sah er

dabei aus; jeder Tropfen Blut hatte seine Wan=
gen verlassen, und nur seine Blicke hafteten fest,
ja stier auf den Zügen Bertrand's.

„Sie haben gewünscht, mich zu sprechen, Herr
Graf," wiederholte der Kunstreiter endlich — aber
noch leiser als vorher.

Da streckte der Graf die Arme nach ihm aus.

„Georg," sagte er mit vor innerer Bewegung
fast erstickter Stimme — „Bruder Georg!"

Monsieur Bertrand rührte sich nicht. Er hatte
die Zähne auf einander gebissen und sah fest und
ernst in die Züge des Grafen — aber es war
nur ein Moment — im nächsten warf er sich an
seine Brust, und die beiden Männer hielten sich
stumm und schweigend Herz an Herz in eiserner
Umarmung fest umschlossen.

„Ich hatte keine Ahnung, Dich hier in ***schen
Diensten zu finden," flüsterte endlich Georg, als er
sich langsam, die Augen von Thränen gefüllt, wie=
der emporrichtete.

„Ich kannte Dich auf den ersten Blick, wie ich
Dich die Straße niederreiten sah," erwiederte der
Rittmeister — „aber, Georg, um Gottes — um
unserer Eltern willen — welchen Lebensweg hast
Du gewählt? Was konnte Dich in diese Bahn
schleudern?"

„Wir sind allein?" sagte Georg, während er einen Blick nach der Thür warf.

„Vollkommen und ungestört. Mein Bursche ist fort; außerdem weiß er, daß er nicht horchen darf. Setze Dich zu mir hieher."

Georg zögerte einen Augenblick, dann legte er seinen Hut ab und ließ sich still neben dem Bruder nieder, der seine Hand ergriff und bittend sagte: „Jetzt sprich, Georg — gestehe mir Alles — Alles, was geschehen ist, schütte Dein ganzes Herz in meine Brust aus, und laß mich dann Mittel und Wege finden, Dir zu helfen — Dich zu retten."

„Mich zu retten?" lächelte aber Georg bitter vor sich hin, „das ist vorbei — zu spät, und ich glaubte auch die Vergangenheit schon fest und sicher abgebrochen, glaubte mit der Welt und meinem frühern Namen abgeschlossen zu haben, als Deine Karte gestern all' diese Hoffnungen und Pläne mit Einem Schlage über den Haufen warf."

„Und so lange bist Du schon nach Deutschland zurückgekehrt, ohne selbst mir ein Lebenszeichen zu geben!" sagte Wolf vorwurfsvoll.

„Ich wagte es nicht," flüsterte Georg, finster das Antlitz zur Seite wendend. „Ich vermied sogar, die heimischen Grenzen zu betreten, denn ich fürch=

tete, erkannt zu werden, fürchtete, mich selber zu
verrathen, und — mochte den Spott Derer nicht
ertragen, die ich früher — als meines Gleichen
wußte."

„Georg," sagte der Bruder tief bewegt, „nicht um
Dir Vorwürfe über Vergangenes zu machen, hab'
ich Dich aufgesucht, hab' ich Dich gebeten, zu
mir zu kommen. Deine eigenen Worte jetzt gestehen mir Alles, was ich Dir darüber zum Herzen reden könnte; denn Du, der sich seinen Le-
bensberuf darin gewählt hat, dem Tod in seiner
häßlichsten Form zu trotzen, schämst Dich jetzt, Denen unter die Augen zu treten, die früher Deines Gleichen waren und aus deren Kreisen Du
fort — hinab gestiegen bist. Daß Du das aber
fühlst, bürgt mir auch für die Erfüllung meiner
Hoffnung, Dich diesem Leben wieder zu entreißen."

„Es ist zu spät," sagte düster der Kunstreiter, „ich
— kann nicht mehr zurück."

„Der Mensch kann Alles, was er ernstlich will,
und Deine Seele hast Du nicht verpfändet," entgegnete ernst der Graf; „ja, wenn Du es Deinet-
halben selbst nicht thun wolltest, müßtest Du es
meinethalben — müßtest Du es der Mutter
wegen thun."

Georg barg das Antlitz in den Händen, und

Wolf, seine Hand freundlich auf des Bruders Schulter legend, fuhr leise fort: „Sieh, Georg, so gut, wie ich Dich, selbst unter dem dichten Barte und dem Flittertande erkannte, mit dem Du Dich umgeben, so gut kann einer Deiner früheren Cameraden Dich ebenfalls erkennen, und daß es bis jetzt noch nicht geschehen, begreife ich sogar nicht einmal. Das Tagesgespräch beschäftigt sich sogar fast ausschließlich mit Dir und — Deiner Frau, und wunderliche Gerüchte über Euch durchlaufen schon die Stadt, wenn sie die r e c h t e Fährte auch noch nicht gefunden haben."

„Und gerade diese tollen Gerüchte sichern mir vielleicht meine Verborgenheit."

„Vielleicht — aber auf wie lange? Und glaubst Du nicht, daß Du das Herz der Mutter brechen würdest, wenn ihr die furchtbare Wahrheit je zu Ohren käme? Sie hat Dich als einen Todten beweint; o, laß sie nicht den Lebenden noch mehr beklagen als den Todten!"

Georg war aufgesprungen, und mit unruhigen Schritten maß er das Zimmer auf und ab, bis er endlich wieder neben dem, ihm mit mitleidigen Blicken folgenden Bruder Platz nahm und sagte: „Du weißt, Wolf, wie mein ungezügeltes Leben in früheren Jahren langsam, aber sicher das Netz

über mich zusammenzog, in dem ich endlich unter=
ging — dem ich erlag. Dem Trunk gab ich mich
hin, und in dem Trunk dem Spiel, und mit
dem Spiel verlor ich Alles, was ich mein nannte
— verlor mich selbst. Ich mußte flüchten,
mein ganzes mir zukommendes Vermögen reichte
nicht hin, die hinterlassenen Schulden zu decken
— unterbrich mich nicht — ich weiß, daß Du,
Wolf, über Deine Kräfte beigesprungen bist, we=
nigstens die Ehre unseres Namens zu retten,
wenn Du mich auch nicht mehr retten konntest.
Da, als ich das hörte, erfaßte mich die Verzweif=
lung; ich floh nach Frankreich, und mein böser
Stern warf mich in die Arme einer dort umher=
ziehenden Kunstreiter=Truppe. Du weißt, daß ich
von je ein guter, vielleicht zu tollkühner Reiter
gewesen; die kleinen Kunstgriffe jener Truppe
lernte ich deßhalb bald und fühlte dadurch einen
gewissen Stolz, mein Leben, meine Existenz dem
Schicksal selber abringen zu können. Der Chef
unserer Truppe war zugleich ein Seiltänzer, und
wie mein, in eine falsche Bahn geworfener Stolz
nicht ertragen konnte und wollte, daß irgend Je=
mand es mir in dem Berufe, den ich mir jetzt
gewählt, zuvorthun sollte, warf ich mich mit tol=
lem Eifer dieser neuen Kunst in die Arme. Voll=

kommen schwindelfrei — denn der Leidenschaft des
Trunkes wie dem Spiel hatte ich lange entsagt —,
machte ich rasend schnelle Fortschritte, und mein
werthloses Dasein doch nicht achtend und keck bei
jeder Gelegenheit in die Schanze schlagend, über-
traf ich bald meinen Meister."

„Und hast Du nie dabei an uns gedacht?"

„Ja," flüsterte Georg, „nur zu oft; aber gerade
der Gedanke an Euch, der mir beim Ritt die
Kraft, beim Seiltanz Muth und Geistesgegenwart
raubte, wurde mein schlimmster Feind — wenigstens hielt ich ihn dafür."

„Es war Dein guter Engel, der Dich zurück in
unsere Arme führen wollte."

„Möglich," sagte Georg, scheu den Kopf abgewandt, „aber — ich hielt ihn für meinen Teufel
und suchte mich für immer von ihm zu befreien."

„Aber das war nicht möglich."

„Doch," hauchte Georg, „der Menschengeist ist er-
finderisch, und — ich fand ein Mittel. Ich lernte
damals Georginen kennen, das schönste Weib, das
ich je gesehen, und — heirathete sie."

„Es geht hier ein Gerücht in der Stadt," sagte
der Graf, „daß Georgine die Tochter eines französischen Edelmannes sei, die Du aus einem Klo-

fter auf abenteuerliche Weise entführt haben soll=
test. Ist das begründet?"

„Eines französischen Edelmannes?" erwiederte
mit finster zusammengezogenen Brauen und bitte=
rem Lächeln der Kunstreiter. „Du hast ihren Va=
ter gesehen — er ist Hanswurst bei unserer Truppe,
dem niedrigsten Pöbel entsprungen; in dem er
schwelgt."

„Also doch!" seufzte Wolf aus tiefster Brust.

„Du siehst, daß es mir gelungen ist, mir den
Rückweg für alle Zeiten abzuschneiden," fuhr da
sein Bruder fort. „Ich wußte, daß ich mit die=
ser Heirath mich für immer von Allem, was mich
noch im alten Vaterlande hielt, was mich dahin
zurückzog, losriß, und einmal den Schritt ge=
than, und ich war frei. Von dem Augenblicke
an war ich Kunstreiter, war ich Seiltänzer mit
ganzer Seele. Toller und rücksichtsloser aber trieb
ich es, als bisher; meine Keckheit wurde zum
Sprüchwort; die Leute kamen Meilen weit, meine
halsbrechenden Künste zu sehen und anzustaunen,
und — der Ehrgeiz, der Stolz des Edelmannes
versank in dem des Luftspringers. — Da hast
Du meine Geschichte, kurz und einfach bis zur
heutigen Stunde, und nun laß mich fort. Daß
Du mich erkannt, ist mir ein Beweis der Gefahr,

der ich mich hier in Deutschland aussetze, wieder
einmal einem der früheren Cameraden zu begegnen.
Der Gefahr will ich nicht preisgegebensein, und
weniger meinet= als Eu ethalben. Ich kehre nach
Frankreich zurück, Deutschland nicht wieder zu be=
treten — vielleicht gehe ich nach Amerika mit
meiner Truppe, denn dort bin ich ganz sicher.
Eine Frage nur beantworte mir noch, Wolf, und
glaube mir, daß Dein Wiedersehen dabei, Du
treues Herz, den einzigen Lichtblick auf meinen
dunkeln Lebenspfad geworfen, an dem ich viele,
viele Jahre zehren werde — wie geht es — der
Mutter?"

Er hatte sich abgewandt und die letzten Syl=
ben so leise gesprochen, daß sie kaum zu dem Ohr
des Bruders drangen.

„Denkst Du noch an unsere Mutter, Georg?"
fragte ihn Wolf, seine Hand ergreifend und sei=
nen ängstlichen Blick fest auf ihn geheftet.

„Glaubst Du, daß ich sie je vergessen könnte?"
erwiederte der Unglückliche — „oh, wenn ich sie
noch einmal sehen, mein müdes Haupt noch ein=
mal an ihr treues Herz pressen könnte..."

„Armer, armer Georg!" seufzte Wolf; „und mit
dem nagenden Wurme in der Brust willst Du
wieder hinaus? — Bleibe bei uns. Noch ist es

möglich, daß Du die Mutter wiedersiehst, ohne ihr das Herz zu brechen. Noch ist es möglich, daß Du dem Leben, der Gesellschaft zurückgegeben würdest — aber Du mußt wollen."

Georg sah staunend zu ihm auf. „Jetzt noch?" sagte er, „jetzt, nachdem ich Dir erzählt, daß der Hanswurst mein Schwiegervater, daß Georgine, die Kunstreiterin, die nur im Circus lebt und athmet, mein Weib ist?"

„Selbst jetzt noch," erwiederte fest der Bruder; „aber Du mußt wollen; Du mußt das alte Leben mit Gewalt von Dir abschütteln, mußt die Deinen zwingen, sich dem zu fügen, und glaube mir, nach einem einzigen Jahre habe ich Dich dem bürgerlichen Leben, habe ich Dich uns — der Mutter wiedergewonnen."

„Aus dem Kunstreiter wolltest Du wieder einen Grafen machen, Wolf?" sagte Georg, traurig dazu mit dem Kopfe schüttelnd — in's bürgerliche Leben einzutreten, wäre möglich, was sollte mich daran hindern? denn ich bin mir keiner schlechten, unehrenhaften That weiter bewußt, als der, die ich im jugendlichen Leichtsinn verübt. Aber meinen frühern Rang habe ich verscherzt, und selbst der Bürger, der vielleicht mit dem frühern „Monsieur Bertrand" sehr gern verkehren möchte — würde

er sich nicht scheu zurückziehen, wenn er den Hans=
wurst mit in den Kauf nehmen müßte? Nein,
Wolf, nein; es geht nun und nimmermehr. Mit
nur zu sicherer Hand habe ich mich selber in's
Leben getroffen, und ich bin und bleibe für Euch
verloren. Beantworte mir jetzt noch eine Frage, und
dann laß mich ziehen. Dir selber bleibe ich trotz=
dem ewig dankbar für die brüderlichen Worte,
die Du mir gesprochen. — Wie geht es unserer
Mutter, und hat sie aufgehört, den todten Georg
zu beweinen?"

„Kräftig und wohl ist sie," erwiederte Wolf,
„und in den letzten Jahren besonders hat sie sich wun=
derbar wieder erholt. Dein Verlust, Georg, hatte
sie schwer niedergebeugt, und als die, wenn auch
unbestimmte, Kunde Deines Todes zu uns kam,
da hat sie Jahre lang nicht mehr gelacht, und
ging gebeugt, gebrochen still umher. Du warst
von je ihr Liebling gewesen, und Dein Ver=
lust hat sie bitter, bitter geschmerzt. Jetzt scheint
die Zeit jene Wunde in etwas vernarbt zu haben;
sie ist wieder heiterer geworden, und nur die Tage,
die Dein Gedächtniß lebhafter als andere wecken,
wecken auch damit den Schmerz auf's Neue."

„Und wenn sie wüßte, — daß ich lebte — daß
ich so lebte — sie würde mir fluchen und — sterben."

„Sie würde sterben, Georg," sagte der Bruder
tief bewegt, „aber nie Dir fluchen. Du weißt nicht,
wie viel Liebe in einem Mutterherzen Raum hat
— und wie wenig Haß. Aber denke, Georg, wie
glücklich, wie unsagbar glücklich Du sie machen
könntest, wenn Du zurückkehrtest."

„Aber wie kann ich, Wolf? — wie kannst Du,
der so genau die Sphäre kennt, in der ihr Le=
ben, in der das Deine liegt, nur an die Mög=
lichkeit eines solchen Rückschrittes glauben?"

„So höre," sagte Wolf, „was ich mir ausgedacht.
Ich habe gestern mit Deiner Frau, mit Georginen
gesprochen — wenig nur, doch vielleicht genug,
mich einen Blick in ihren Charakter thun zu lassen,
und ich muß Dir gestehen, daß der mir nicht ge=
eignet schien, meine Pläne zu fördern. Dem festen
Willen des Mannes aber ist Alles möglich,
und die Frau soll und muß sich ihm fügen, be=
sonders noch, wenn Alles nur zu seinem, zu ihrem
Heile selber führt. Deßhalb habe ich den Muth
auch nicht verloren, und selbst dem Vater kann
Gelegenheit geboten werden, sein früheres Leben
zu vergessen, ungeschehen zu machen."

Georg schüttelte seufzend mit dem Kopfe. Wolf
aber, von der Hoffnung hingerissen, den Bruder
zu retten, fuhr fort: „Wie unsere Vermögensver=

hältniſſe ſtehen, weißt Du ſo gut, wie ich es Dir
ſagen könnte. Sie ſind, wenn auch nicht glänzend,
doch vollſtändig unſerer Stellung im Leben ge=
nügend. Deine hinterlaſſenen Schulden erforderten
allerdings ein nicht unbedeutendes Kapital, und
es verſtand ſich von ſelbſt, daß das geſchafft wer=
den mußte. In den letzten Jahren hat ſich aber
der Werth des Grundeigenthums durch zahlloſe
induſtrielle Unternehmungen bedeutend geſteigert,
und die damals erlittenen Verluſte ſind ſchon lange
mehr als gedeckt. O, wäreſt Du damals zu uns
zurückgekehrt, Alles hätte noch gut und vergeſſen
werden können. Doch ich will Dir keine Vor=
würfe mehr machen, ſondern zur Sache kommen,
die Dich ſelbſt jetzt noch uns erhalten kann.
Kunſtreiter — Seiltänzer darfſt Du nicht bleiben,
das ſiehſt Du ein; ſelbſt ich müßte mich dann
von Dir losſagen, und wenn mir das Herz auch
blutete — aber ich habe eine andere Bahn für
Dich. Als ich Dich zuerſt wiederſah, und raſch
dabei die Möglichkeit überdachte, einen andern
Lebensweg für Dich zu finden, kamen mir fremde
Kriegsdienſte als das Natürlichſte vor — oh, hät=
teſt Du ſelber dieſen Weg ſchon früher gewählt!
Jetzt, nachdem ich Deine Frau geſprochen, nach=
dem ich erfahren, daß Du ein Kind — eine Tochter

7*

haſt, fühle ich, daß das nicht mehr geſchehen kann.
Georginen kannſt und darfſt Du nicht mit Deiner
Tochter allein zurücklaſſen; ſie würden ohne Dich
rettungslos zu Grunde gehen, und dem zu begegnen,
giebt es noch ein anderes Mittel. Wir haben ſchon vor
längeren Jahren das Gut Schildheim im Mecklen=
burgiſchen, das Du ja ſelber kennſt, und welches
früher einer alten Großtante gehörte, geerbt. Es
iſt jetzt der Mutter Eigenthum, ich aber habe die
Adminiſtration darüber und bis jetzt einen Pachter
darauf gehabt. Dieſer tritt nun in nächſter Zeit
die Hinterlaſſenſchaft ſeines gerade verſtorbenen
Vaters an und übernimmt damit deſſen in Preußen
gelegenes Beſitzthum. Dort nun, in Schildheim,
rückſt Du indeſſen vorläufig ein.“

„Als Pachter? — ich verſtehe nichts von der
Oekonomie,“ ſagte Georg finſter.

„Es iſt das keine ſo ſchwierige Kunſt zu erler=
nen,“ erwiederte aber der Bruder, „und Du behältſt
den Verwalter, der bis jetzt auf dem Gute war,
bei Dir. Da er ſich mit dem vorigen Pachter
nicht gut vertragen konnte, wird er nicht mit ihm
gehen, und hat mich ſchon gebeten, bei dem nächſten
ein gut Wort für ihn einzulegen, daß er bleiben
könne. Es iſt ein ſchon bejahrter, aber ſehr tüch=
tiger, nur etwas eigener, pedantiſcher Mann, deſſen

Kenntniſſe Du benutzen, Dich auch ſicher bald mit
ihm befreunden und von ihm lernen wirſt. Fühlſt
Du dann, daß Dich das Leben freut, fühlſt Du,
daß Du bei uns Dich heimiſch machen kannſt,
dann, Georg, darfſt Du getroſten Muthes der
Mutter wieder in's Auge ſchauen, dann finden ſich
auch Mittel und Wege, Dir wieder, wenn auch
nicht gleich in Deiner frühern Heimat ſelber,
eine ſelbſtſtändige, unabhängige Stellung zu grün=
den — dann biſt Du wieder der Unſere, Bruder
Georg, und giebſt dafür mehr, als wir Dir je
im Leben bieten können, Du giebſt unſerer Mutter
m i t dem Sohne ihr Glück — ihren Frieden wieder."

„Wolf — mein treuer, wackerer Wolf," rief
Georg, indem er mit thränenden Augen gerührt
des Bruders Hand ergriff, „habe ich das um Dich
— um euch Alle auch verdient?"

„Und Du willigſt ein?" rief Wolf, raſch und erfreut.

„Für mich von Herzen gern," ſagte Georg, in
die dargebotene Hand des Bruders ſchlagend —
„Gott mag Dir die brüderliche Liebe lohnen — ich
ſelber kann es nie, aber — Georgine! Wird
ſie ſich an das ſtille Leben gewöhnen, wird ſie
ſich heimiſch fühlen können auf dem einſamen
Landſitz, fern von dem Geräuſche der Stadt, das
i h r noch nicht einmal genügt — nach dem auf=

regenden Leben ihres bisherigen Berufes? Ich
fürchte, Wolf, daß mir da schwere, schwere Kämpfe
bevorstehen."

„Du glaubst, daß sie Dich liebt?"

„Sie liebt mich als den besten und kühnsten
Reiter, den sie kennt."

„Und ihr Kind?"

„Ihr liebster Gedanke war von je — eine zweite
Georgine aus ihr zu ziehen. Was ihren Vater an-
langt, so glaube ich, daß dieser einem solchen neuen
Leben weniger Schwierigkeiten in den Weg legen
würde. Er ist in den letzten Jahren recht alt und dabei
entsetzlich mürrisch geworden, scheint auch an dem
wüsten Treiben und der Schattenseite unseres Berufes, dem Hanswurst, dem wir des Publicums wegen
aber doch nicht entsagen können, kein besonderes Vergnügen mehr zu finden. Wenn er nur
im Stande sein wird, sich an eine geregelte Thätigkeit zu gewöhnen!"

„Er wird es gewiß, wenn er nur sieht, daß
Eure Zukunft sich dadurch auch sichert. Was um
Gotteswillen würde aus Euch, wenn ein un-
glücklicher Sturz den Einen oder den Andern zum
Krüppel machte? und seid Ihr diesem Schicksal
nicht jede Stunde ausgesetzt?"

„Denkt der Soldat an Wunden oder Tod, wenn er dem Feinde gegenübersteht?"

„Aber der Soldat hat noch ein höheres Ziel, als seinen Sold — er hat die Ehre, für die er kämpft, sein Vaterland, das er vertheidigt."

„Oh, wäre ich Soldat geworden!" seufzte Georg.

„Das ist zu spät," erwiederte Wolf, „aber auch im bürgerlichen Leben kannst Du noch Deinen Platz ehrenhaft ausfüllen, kannst Dich zu dem Range wieder hinaufarbeiten, der Dir nach Geburt und Recht gehört; und ist das nicht ein schönes Ziel, dem entgegenzustreben? Denk' an unsere Mutter dabei — denke, wie unsagbar glücklich sie sich fühlen würde, wenn ich im Stande wäre, den verloren geglaubten Sohn wieder in ihre Arme zu führen! Du bist ohne den Segen der Mutter von Hause geschieden, kannst Du ein schöneres Ziel vor Augen haben, als einen solchen Dir zu verdienen?"

Georg warf sich an des Bruders Brust, und lange hielten sich die Beiden fest und schweigend umschlungen. Endlich richtete sich Georg empor und sagte leise: „Aber wie entgehe ich den übernommenen Verpflichtungen? Wie trenne ich mich von der Gesellschaft, selbst angenommen, daß sich Georgine willig jeder meiner Anordnungen fügen würde?"

„Auf wie lange Zeit hast Du Deine Leute noch engagirt?" fragte Wolf.

„Der Contract der Meisten läuft allerdings mit dieser Messe ab. Nur Einigen bin ich länger verbunden, aber auch mit denen ließe sich wohl ein Abkommen treffen. — Und meine Pferde?"

„Verkaufst Du hier. Du findest kaum einen bessern Markt dafür. Möglich sogar, daß Deine Leute Dir einen Theil derselben abkaufen, ihre Laufbahn damit fortzusetzen."

„Dazu fehlt es ihnen an Geld," sagte Georg. „Es ist ein wildes, abenteuerliches Leben, das wir führen, und baares Geld hält sich nicht dabei. Pferde und Garderobe sind auch das Einzige, was ich selbst besitze, doch steckt darin ein nicht unbedeutendes Kapital, das schon im Stande wäre, mich eine Weile über Wasser zu halten. Sauer genug ist es außerdem verdient."

„Das Kapital wird Dir dann wesentlich den Anfang erleichtern," sagte Wolf. „Richte Dich aber auch ein, daß Du jedenfalls im Stande bist, gleich nach der Messe, also in acht Tagen etwa, Deine Maßregeln zu treffen, Dich von Deiner bisherigen Gesellschaft loszusagen und den Umzug anzutreten. Und noch Eins — Deine Frau darf nicht wissen, nicht erfahren, welcher Rang und Titel Dir zusteht!"

„Du fürchtest, daß sie nicht schweigen kann?"

„Das sage ich nicht; ich glaube, sie kann ganz gut schweigen, wo es ihren Zwecken entspricht, aber — ich fürchte ihren Stolz. Sie würde Dich vielleicht quälen, Deinen rechten Namen vor der Zeit wieder anzunehmen, und Dir wenigstens — wenn nichts weiter — doch unnöthigen Kummer, nutzlose Sorge bereiten."

„Aber welchen andern Grund kann ich ihr nennen, dem sie auch nur im Entferntesten Glauben schenken würde? — Ja, sollte sie sich weigern, mir zu folgen, so gäbe sie mir das Kind auf keinen Fall, und von Josephinen mich zu trennen wäre ich nicht im Stande."

„Das brauchtest Du auch nicht — selbst das Schlimmste angenommen!" rief sein Bruder. „Die Gesetze schützen Dich darin, denn das Kind gehört vom sechsten oder siebenten Jahre dem Vater, wenn sich beide Gatten trennen sollten."

„Und wenn sie mir dann gezwungen folgt, so wird sie sich unglücklich und elend fühlen."

„Die erste Zeit vielleicht, doch dürfte sie sich bald in das neue Leben schicken. Sie wird und muß einsehen lernen, daß des Weibes Beruf nicht der Oeffentlichkeit — wenigstens nicht in solcher Weise — angehört. Sie wird dabei ihre Tochter zu einer ehrenvollen, gesicherten Zukunft heranwachsen sehen, und in dem Bewußtsein volle Entschädigung für die aufgegebenen, so unweiblichen Triumphe finden. Sie muß sich dann auch glücklich fühlen, oder sie wäre nimmer Deiner Liebe — Deiner Achtung werth."

„Ich will es versuchen, Wolf," sagte Georg, dem Bruder noch einmal die Hand reichend und fest und herzlich schüttelnd, „hier hast Du Handschlag und Wort, und was in eines Menschen Kräften steht, dem einmal über ihn hereingebrochenen Schicksal Trotz zu bieten, soll geschehen. Bist Du damit zufrieden?"

„Ich bin's, Georg, und stärke Dich Gott auf Deiner neuen Bahn, der Dich so sicher schützen wird, wie ich Dir treu zur Seite stehen werde. Beginne denn mit gutem, frischem Muth und wirf dieses Leben, das Deiner unwerth ist, von Dir, wie ein altes, abgetragenes Kleid."

„Aber diese Woche kann ich mich ihm noch nicht entziehen. Ich muß ihm wie bisher folgen, wenn ich nicht gerade dort, wo ich es am wenigsten möchte, Verdacht erwecken will. Ich hoffe jetzt nur, daß mir der Fürst meine Bitte abschlägt, den Seiltanz zwischen den Thürmen zu wagen."

„Hoffe das nicht," sagte der Graf, „ich war gestern

zugegen, wie er Dir günstigen Bescheid ertheilte,
und konnte es nicht hindern. Aber eine Ausrede
findest Du leicht: ein verstauchter Fuß — plötz=
liches Unwohlsein selber kann Dich leicht verhin=
dern, von der erhaltenen Erlaubniß Gebrauch
zu machen. Laß selbst die Vorbereitungen dazu
treffen, wenn Du willst, nur wage Dein Leben
nicht weiter in solch nutzloser, frevelhafter — ja,
Du darfst mir den Ausdruck nicht übel nehmen
— entehrender Kunst."

„Ich will versuchen, ob es möglich ist," sagte
Georg. „Aber ich sehe auch ein, daß Du recht hast:
Georgine darf vor der Hand noch nichts weiter erfah=
ren: ich selber muß dagegen Alles vermeiden, ihren
Verdacht zu erwecken. Sie ist einmal mein Weib,
die Mutter meines Kindes, und ich bin mit ihr
für dieses Leben verbunden. Sie einen höhern
Lebenszweck kennen zu lehren, sei fortan mein Ziel,
und mein Kind mag Dir später danken, was Du
an ihm — an uns gethan."

„Georg!"

„Genug — jetzt laß mich fort; ich höre, wie
draußen Deine Thür geöffnet wird."

„Mein Bursche kommt zurück; ich habe ihm ver=
schiedene Aufträge ertheilt, um ihn für diese Zeit
entfernt zu halten."

„Und wo sehe ich Dich wieder?"

„Hier — jeden Morgen bis zehn Uhr bin ich zu Hause. Willst Du mich früher treffen, so laß mich durch ein paar Zeilen wissen, wo wir uns ungestört begegnen können."

„Leb wohl!"

„Leb wohl, Georg, und Gott stärke Dich in Deinem neuen Leben!"

6.

Eine volle Woche war nach der gepflogenen Unterredung der beiden Brüder verflossen, und der Rittmeister hatte in der ganzen Zeit nichts weiter von Georg gehört. Nur die Stadt beschäftigte sich indessen mehr und mehr mit dem beabsichtigten Seiltanz zwischen den beiden Thürmen, je mehr das Ende der Messe heranrückte; wußte man doch, daß ihm die Erlaubniß dazu ertheilt worden, und trotzdem spannte sich kein Seil auf jener Höhe, und nichts verrieth, daß es überhaupt noch beabsichtigt werde. War es nur Prahlerei von dem Kunstreiter gewesen, das Publicum neugierig zu machen?

Graf Geyerstein kannte den Grund und dankte Gott in seinem Herzen dafür; aber trotzdem beunruhigte ihn dieses Schweigen, und er hatte schon beschlossen, den Bruder heute in seiner eigenen Wohnung aufzusuchen, als sein Bursche ihm meldete, ein

junger Herr sei draußen und wünsche ihn zu sprechen.
Zugleich überreichte er dem Rittmeister die nämliche,
mit seiner Adresse beschriebene Karte, die er damals in der Wohnung Monsieur Bertrand's hin-
terlassen hatte.

„Ein junger Herr?" fragte der Rittmeister erstaunt, die Karte neben sich auf den Tisch werfend.

„Blutjung," bestätigte Karl, „sieht auch ein wenig luftig aus, als ob er mit zu der — Sie wissen
schon — zu der Reiterbande gehörte."

„Es ist gut — laß ihn eintreten. Du störst
uns indessen nicht, hörst Du?"

„Zu Befehl, Herr Rittmeister," erwiederte mit
militairischem Takt der Bursche und verschwand
aus der Thür, um im nächsten Augenblicke den an-
gekündigten Besuch hereinzulassen.

Graf von Geyerstein sah einen jungen, sehr
elegant gekleideten Mann zu sich eintreten, mit
vollen schwarzen Locken und kleinem, leicht aufge-
drehtem Schnurrbart, der erst jetzt, bereits in der
Thür, seinen schwarzen breitrandigen Filzhut ab-
nahm. Das Gesicht desselben kam ihm allerdings
bekannt vor; er konnte sich aber doch nicht ent-
sinnen, wo er ihm schon begegnet wäre, und der
Fremde machte dabei eine sehr formelle und tiefe

Verbeugung, bis Karl die Thür wieder hinter sich in's Schloß gedrückt hatte.

„Was steht zu Ihren Diensten?" fragte der Ritt=meister gespannt.

„Herr Graf," erwiederte der Fremde, indem er einen Blick zurück nach der Thür warf, „ich schätze mich unendlich glücklich, daß Sie mir vergönnt haben — wir sind doch einen Augenblick ungestört?"

„Und zu welchem Zwecke, wenn ich fragen darf?"

„Sie kennen mich nicht mehr?" lachte der Frem=de, und die Stimme klang dem Rittmeister jetzt ganz anders — viel weicher als vorher.

„Ich muß in der That gestehen..." sagte dieser.

„Also ist die Verkleidung gelungen," lachte plötz=lich der junge Mann, und mit einem Griff nach dem Munde stand er o h n e Schnurrbart vor dem dadurch allerdings überraschten Grafen.

„Madame Bertrand!" rief dieser aber auch im nächsten Augenblick erstaunt aus.

„Bst, — nicht so laut!" warnte die muthwillige junge Frau, indem sie dem Grafen lachend mit dem Finger drohte. „Ihr Bursche braucht gerade nicht mit in das Geheimniß gezogen zu werden."

„Aber was, um Gotteswillen, hat Sie bewe=gen können..."

„In Verkleidung zu Ihnen zu kommen?" unter=

brach ihn die Schöne. — „In anderer Weise
konnte ich Ihnen keinen Gegenbesuch abstat=
ten, ohne sämmtlichen Kaffee=Gesellschaften der
Residenz auf wenigstens drei Wochen Stoff zur
Unterhaltung zu liefern. Die Verkleidung schlägt
aber in meinen Beruf, und daß ich geschickt
darin bin, habe ich Ihnen, glaub' ich, bewie=
sen. Doch Scherz bei Seite," setzte sie plötzlich,
ernster werdend, hinzu, „ich mußte Sie spre=
chen, und da Sie uns nicht mehr mit Ihrem
Besuch beehrten, so blieb mir keine andere Wahl,
als Sie aufzusuchen. Das Resultat sehen Sie
vor Sich."

„Und haben Sie nicht bedacht, welchen Miß=
deutungen Sie sich durch solch einen — gewag=
ten Schritt aussetzten?" sagte der Graf ernst.

Die junge, schöne Frau warf den Kopf mit
einem halb spöttischen, halb verdrießlichen Lächeln
zur Seite. „Von dem Rittmeister eines Cuirassier=
Regiments hatte ich allerdings einen andern
Empfang erwartet," lächelte sie dabei, „als eine
ernste Strafpredigt und Ermahnung. Doch wie
dem auch sei, mein Herr Graf, ich bin einmal da,
und Sie werden mich hoffentlich nicht wieder fort=
schicken, ohne mich wenigstens zu hören."

Graf von Geyerstein war in peinlicher Verlegen=

heit, aber allerdings blieb ihm hier keine andere
Wahl, als die Dame eben gewähren zu lassen,
und er bat sie artig, dann wenigstens auf dem
Sopha Platz zu nehmen. Er selber rückte sich
einen Stuhl zum Tisch und wollte sich eben darauf
niederlassen, als Madame Bertrand lachend sagte:
„Selbst das kann ich Ihnen nicht gestatten — Sie
müssen sich zu mir auf das Sopha setzen, denn
was ich Ihnen zu sagen habe, möchte ich eben
nicht laut schreien. Fürchten Sie sich vor mir?"

Ihr dunkles Auge brannte ihm dabei entgegen,
und der Graf sagte artig: „Ich unterschätze we=
nigstens die Gefahr nicht — aber wie Sie wollen.
Und welcher Ursache verdanke ich jetzt die Ehre
dieses so — unverhofften Besuches?"

„Ich danke Ihnen, daß Sie kein härteres Wort
dafür gebrauchten," sagte die schöne Frau, „aber
ein eigenthümlicher Grund ist es in der That,
der mich zu Ihnen führt, und zwar kein geringerer,
als — mein Mann."

„Monsieur Bertrand."

„Derselbe. Seit dem Besuch bei Ihnen, Herr
Graf, kenne ich ihn nicht mehr. Er ist vollständig
ein anderer Mensch geworden: trüb, in einander ge=
brochen, zurückhaltend, scheu und — das Schlimmste
für ihn und uns Alle — verzagt. Die Zeit über

habe ich es auch ertragen und geglaubt, er selber
würde mir endlich gestehen, was ihn drückt, denn
drücken muß ihn etwas — etwas muß ihm auf
der Seele liegen, das den sonst so kräftigen, elasti=
schen Geist mit eiserner Schwere darniederhält;
aber er bleibt stumm, und ich bin fest überzeugt,
Niemand kann mir darüber Auskunft geben, als
Sie."

„Aber welchen Einfluß könnte ich auf ihn aus=
geübt haben?" sagte der Graf, der nichts weniger
wünschte, als mit des Bruders Gattin in diesem
Augenblicke den Seelenzustand desselben zu be=
sprechen.

„Das ist auch mir räthselhaft," erwiederte die
Frau, indem sie ihm fest und forschend in's Auge
sah; „denn ich hatte bis jetzt nicht geglaubt, daß
irgend ein Mensch im Stande sei, den tollküh=
nen, vor nichts zurückschreckenden Bertrand zu
zähmen. Aber zahm ist er geworden, seit er
Sie gesprochen."

„Wir haben uns allerdings nur über sehr zahme
und alltägliche Sachen unterhalten," lächelte der
Rittmeister. „Ist aber wirklich eine Verwandlung
in seinem Charakter, sich einer ruhigen Richtung
zuzuwenden, eingetreten, so mag er die vielleicht
schon früher gefaßt haben; warum soll ich die Schuld

deßhalb tragen — wäre überdies eine Schuld dabei? Sie selber haben doch auch gewiß schon manchmal an die Zukunft für sich — für Ihre Tochter gedacht, und können doch nur wünschen, diese ge= sichert zu sehen."

„Allerdings habe ich das!" rief Georgine, und ihre ganze Gestalt hob sich dabei, ihr Auge blitzte. „Josephine soll und muß die gefeiertste Reiterin Europa's werden."

„Und Sie selber? — wenn Sie einmal altern?"

„Die Zeit liegt noch fern," sagte die junge, schöne Frau, indem ein leichtes, trotziges Lächeln ihre Lippen umspielte, „und an eine Zukunft für mich habe ich noch nie gedacht."

„Und könnten Sie sich nicht glücklich fühlen, wenn Sie Ihren Gatten in einem ruhigern Le= ben glücklich wüßten?" fragte Graf Geyerstein, mit weit mehr Herzlichkeit im Ton, als er bis jetzt gezeigt.

Georgine lachte laut auf. — „Der morali= sche Ton steht Ihnen prächtig," rief sie da= bei. „Wenn Sie sich nur selber sehen könn= ten, Herr Rittmeister — aber" — unterbrach sie sich plötzlich und fuhr fast erschreckt empor, „liegt Ihren Worten etwa ein tieferer Sinn zum Grunde? — Wenn ich mir Alles zusammenreime,

was Georg in den letzten Tagen gesprochen, auf
was er hingedeutet hat — auch seinen unterlaſ=
senen Seiltanz, zu dem er schon am Montag die
Erlaubniß bekam...“

„Ich freue mich recht von Herzen, daß er ihn
unterlassen hat,“ sagte der Rittmeister ruhig: „diese
halsbrechenden Künste sind so undankbar für den
Executirenden, wie peinlich für die Zuschauer, und
Sie selber sollten froh sein, Ihren Gatten von
einer Gefahr abstehen zu sehen, der er doch ein=
mal über kurz oder lang erliegen könnte.“

„Gefahr!“ rief das schöne Weib verächtlich, „wär'
ich noch Georgine Bertrand, wenn ich vor einer
Gefahr zurückschrecken wollte? und glauben Sie,
daß Georg etwas fürchtet auf der Welt? Nein,
das ist es nicht; eine andere Ursache liegt seinem
jetzigen Benehmen zum Grunde, und nur bei Ihnen,
Herr Graf, kann ich die Lösung finden.“

„Und wenn Sie sich dennoch darin irren sollten?“

„Sie haben mir von einer Aehnlichkeit ge=
sagt, die Sie zuerst zu uns geführt!“ flüsterte da
Georgine, und ihre Blicke bohrten sich in die Au=
gen des Grafen, welcher fühlte, wie ihm das verrä=
therische Blut in die Schläfe stieg — aber seine
Züge blieben kalt und fest, und er erwiederte ru=
hig: „Allerdings, Madame, die Aehnlichkeit mit ei=

nem Jugendfreunde, nicht allein im Antlitz, nein, auch selber im Namen; es war aber ein Irrthum. Schon als ich Herrn Bertrand ganz in der Nähe sah, fand ich das."

„Sie täuschen mich nicht, Herr Graf!" rief Georgine, seinen Arm ergreifend. „Georg ist ein Anderer, als er sich mir gegeben, und die Wahrheit soll jetzt selbst seinem Weibe Geheimniß bleiben."

„Wenn Herr Bertrand ein Geheimniß vor Ihnen hat, Madame," sagte der Rittmeister artig, aber ernst, „so ist es nicht meine Sache, das zu lüften, selbst wenn ich darum wüßte."

„So geben Sie mir Ihr Wort als Cavalier." —

„Halt, Madame," unterbrach der Graf sie kalt, „Sie gehen zu weit. Ich habe Herrn Bertrand allerdings an jenem Morgen gesehen, aber seit der Zeit nicht wieder, weiß deßhalb auch nicht, was seine Pläne sind. Was wir damals mit einander gesprochen, deutete wohl darauf hin, daß er dieses wilden, wüsten Lebens überdrüssig sei; wenn dem aber wirklich so wäre, würde ich nur mit Freuden die Hand dazu bieten, ihm einen solchen Plan ausführen zu helfen."

„Sie?" rief Georgine erstaunt; „und welches Interesse könnten Sie, Graf von Geyerstein, an dem Kunstreiter nehmen, wenn nicht ein be-

sonderer Beweggrund Sie dabei leitete? Sie ver=
schweigen mir, was ich als Georg's Weib erfahren
müßte, was ich erfahren will, und gönnen
Sie mir nicht gutwillig oder gezwungen Ihr Ver=
trauen, so seien Sie fest versichert, daß ich Ihre
Pläne kreuze."

„Madame Bertrand —"

„Das ist mein offenes Wort," rief die Frau,
„und Krieg oder Friede liegt jetzt in I h r e r Hand."

Der Graf schüttelte ernst mit dem Kopfe, „Sie
irren sich, schöne Frau," sagte er, „und würden selbst
in dem Falle, daß Sie recht hätten, einen schwe=
ren, nie wieder gut zu machenden Fehler begehen."

„Wie so, ich?"

„Daß Sie einen F r e m d e n zum Mittelsmanne
Ihres häuslichen Friedens machen wollen."

„Häuslichen Friedens?" rief aber die kecke Rei=
terin mit spöttischem Lachen, „denken Sie sich un=
ser Leben nicht so idyllisch, Herr Rittmeister. Nicht
für die H ä u s l i c h k e i t sind wir bestimmt oder
darauf angewiesen, und die Gesetze, die bei ande=
ren Frauen vielleicht gelten mögen, halten deß=
halb auch bei mir nicht Stich. Mein Mann und
ich haben uns überdies schon lange darüber ver=
ständigt, Jedes von uns seine eigene, für sich ab=
geschlossene Bahn zu gehen. Vereinigen sich diese

von selber, desto besser; thun sie es nicht, so ist Jedes selbstständig genug, die eigene zu verfolgen."

„Und Ihr Kind?"

„Josephine? die allerdings folgt der meinen, wenn ihr Vater derselben abtrünnig werden soll= te," rief Georgine, und der forschende Blick, mit dem sie bei diesen Worten den Grafen betrachtete, sagte diesem, daß sie den Eindruck beobachten wolle, den sie machten. Graf von Geyerstein ver= rieth aber durch keinen Zug, welchen Antheil er an dem eben Gehörten nahm.

Wohl schien es, als ob er etwas darauf er= wiedern wollte; er überlegte sich aber bald, daß ein Drängen von seiner Seite die Frau nur noch mißtrauischer, ja, auch neugieriger machen müßte, und kurz abbrechend sagte er nur: „Es ist das ein unerquickliches Gespräch für uns Beide, Ma= dame, und kann zu keinem Resultate führen. Ich selber stehe Ihren Familien=Angelegenheiten auch zu fern, um eine Einmischung in solche zu beanspruchen, selbst wenn sie von dem einen oder dem andern Theile angenommen werden sollte. Machen Sie das, falls es nicht Ihrer Meinung sein sollte, mit Ihrem Gat= ten ab. Kann ich Ihnen in irgend sonst etwas dienen, so verfügen Sie frei über mich."

„Sie sind sehr gnädig, Herr Graf," lachte die

junge Frau, „aber so bald und so leichten Kaufes werden Sie mich noch nicht los.“

„Ich habe mich selber erboten...“

„Ich weiß es schon, und bin Ihnen sehr dank= bar dafür — in Allem mir gefällig zu sein — nur in dem nicht, was mich hieher geführt!“

„Und das ist?“

„Zu erfahren, in welcher Beziehung Sie zu meinem Gatten stehen — den Beweggrund ken= nen zu lernen, der Sie leiten konnte, sich für den Kunstreiter zu interessiren und auf ihn einzuwirken.“

Wolf war aufgestanden und trat zum Fenster; er kämpfte augenscheinlich mit einem Entschluß, und Georgine fühlte es, denn sie unterbrach ihn nicht. „Madame,“ sagte er endlich, zu Georginen zurückkehrend, „ich sehe eigentlich keinen Grund, Ihnen, da Sie auf diese Weise in mich dringen, länger zu verheimlichen, daß ich mich allerdings in der Aehnlichkeit mit Ihrem Gatten nicht ge= täuscht. Ich habe in ihm einen meiner früheren Jugendgespielen erkannt — aber das Geheimniß ist nicht mein eigenes — es gehört seiner Fami= lie, und der gegenüber stehe ich nur als Mittels= mann zwischen ihr und Herrn Bertrand.“

„Also doch ein Geheimniß,“ lachte Georgine bit=

ter vor sich hin, „ein Geheimniß, Frau und Kind
um ihre Existenz zu betrügen."

„Nennen Sie das um ihre Existenz betrü=
gen, Madame, wenn man Ihnen die Aussicht
giebt, sich eine unabhängige und ehrenvolle Stel=
lung im bürgerlichen Leben zu sichern?" sagte der
Graf.

„Und ist unsere Stellung nicht unabhängig
— nicht ehrenvoll?" rief Georgine gereizt.

„Lassen Sie uns abbrechen," bat Wolf von
Geyerstein, dem das Gespräch schon lange peinlich
war. „Das ist eine Sache, die Sie mit Ihrem Gatten
weit besser berathen können, als mit mir, die
Sie nur allein mit ihm berathen müssen. Wenn
ich Ihnen auch die Versicherung gäbe, daß ich sel=
ber den wärmsten Antheil an Ihrem Schicksal
nehme, glaubten Sie mir vielleicht das nicht einmal."

„Nein," sagte Georgine finster, „nicht eher, als
biß Sie mir auch den wahren Grund dafür sa=
gen würden. Glauben Sie mir, Herr Graf, daß
wir da nur zu bittere Erfahrungen mit solcher
Theilnahme machen. Aber ich fühle, daß Ih=
nen unsere Unterredung nicht länger angenehm ist."

„Madame Bertrand."

„Bitte — keine Complimente zwischen uns. Ich
bin wahr und offen gegen Sie gewesen — ohne

dasselbe bei Ihnen erzielt zu haben. Ich will nicht zudringlich sein. — Entschuldigen Sie, daß ich Sie gestört habe."

Sie war aufgestanden und wandte sich zur Thür, als sich diese in dem nämlichen Augenblick öffnete und ein fremder Bedienter in grauer Livrée den Kopf hereinsteckte.

„Was wollen Sie, und wer hat Ihnen erlaubt, hier einzutreten?" rief ihm der Graf finster entgegen.

„Bitte tausendmal um Entschuldigung, Herr Rittmeister," sagte der Bursche, den Blick dabei aber auf den Fremden geheftet, „ich habe zweimal geklopft, und konnte Ihren Karl nirgends draußen finden."

„Warten Sie dann draußen, bis er kommt, oder bis ich Zeit habe," lautete die eben nicht freundliche Antwort, und der Bursche verschwand mit einer tiefen Verbeugung, wie er gekommen.

Der Rittmeister hielt den Blick auf die Thür geheftet, aber er hörte keinen Schritt. Der Bediente stand jedenfalls noch vor der Thür und horchte. Madame Bertrand hatte aber indessen wieder mit großer Geschicklichkeit, den benachbarten Spiegel benutzend, den kleinen Schnurrbart befestigt. Dann sich gegen den jungen Mann tief vernei-

genb, aber doch wieder mit dem vorigen Spott
um die Lippen, sagte sie laut, indeß mit weit tie=
ferer als ihrer natürlichen Stimme: „Herr Graf
von Geyerstein, ich habe die Ehre, mich Ihnen ge=
horsamst zu empfehlen."

„Bleiben Sie noch," bat der Graf sie leise, „las=
sen Sie mich erst den Horcher entfernen." Dabei
öffnete er rasch die Thür — der fremde Bediente
stand aber nicht, wie er erwartet hatte, davor,
sondern war verschwunden, und nur die draußen
angelehnte und nicht wieder in's Schloß gedrückte
Vorsaalthür zeigte, daß er sich entfernt hatte.

„Die Bahn ist frei," sagte Georgine mit ihrer
natürlichen Stimme, und sich leicht gegen den
Grafen verneigend, verließ sie rasch und jede wei=
tere Begleitung zurückweisend, das Zimmer und
gleich darauf das Haus, warf sich in eine Droschke
und fuhr ihrer eigenen Wohnung zu. Graf von
Geyerstein aber schritt mit untergeschlagenen Ar=
men und gesenktem Haupte rasch in seinem Zim=
mer auf und ab, ungeduldig dann und wann
nach der Thür horchend, bis draußen die Vorsaal=
thür auf's Neue geöffnet wurde und Karl gleich
darauf im Zimmer seines Herrn erschien.

„Herr Rittmeister," berichtete er hier in mili=
tairischer, d. h. sehr steifer Haltung, „ein Bedien=

ter Sr. Excellenz des Herrn Kriegs=Ministers von
Ralphen wünscht..."

„Wo bist Du die Zeit über gewesen?" unter=
brach ihn sein Herr.

„Im Stalle unten, zu Befehl, Herr Ritt=
meister."

„Laß den Burschen hereinkommen."

Karl machte rechts um kehrt, und gleich dar=
auf erschien die graue Livrée wieder auf der
Schwelle.

„Herr Graf," sagte der Diener mit einer tie=
fen Verbeugung, „Se. Excellenz lassen, mit besten
Empfehlungen, morgen Abend um acht Uhr um
die Ehre bitten."

Der Rittmeister antwortete ihm nicht; er sah
den Burschen, dessen Erröthen ihm nicht entgehen
konnte, forschend an und dann wieder schweigend
vor sich nieder. Endlich sagte er kalt: „Es ist
gut — meine Empfehlung an Se. Excellenz; ich
werde zur bestimmten Zeit erscheinen."

„Wer war denn der junge Herr, der vorhin
bei Deinem Herrn Besuch gemacht hat?" sagte
der mit der grauen Livrée, als er neben Karl über
den Vorsaal der Treppe zuschritt.

„Weiß ich nicht," antwortete, ziemlich kurz an=
gebunden, Karl, „geht mich auch nichts an."

„Der kommt wohl oft hieher?" fragte der Graue, dadurch nicht im Mindesten eingeschüchtert.

„Das weiß ich auch nicht, und geht Dich wieder nichts an," meinte aber Karl; „guten Morgen!" und öffnete dem Grauen die Thür.

„Grobian!" murmelte dieser, als er langsam die Treppe hinunterstieg, die übrigen Einladungen auszuführen.

Die Salons Sr. Excellenz des Kriegs-Ministers von Ralphen waren festlich erleuchtet, und
eine kleine, aber ausgewählte Gesellschaft wurde
erwartet.

Es war drei Viertel auf acht, und die Wir-
thin revidirte, schon in voller Toilette, noch einmal selber die befohlenen Anordnungen, während
geschäftige Diener hin und wieder flogen, neu be-
stimmte auszuführen.

Auf den beiden Spieltischen waren noch die
Whistmarken vergessen, und der eine Bediente war
hinauf zu Sr. Excellenz gesandt worden, sie von
dessen Kammerdiener herbeizuschaffen. Aber er
hielt sich länger unterwegs auf, als eigentlich nöthig gewesen wäre, denn er traf auf der Treppe
Annette, Comtesse Melanie's Zofe — allerdings
in eben solcher Eile wie er selber.

„Lassen Sie mich los, Herr Franz," sagte das

junge Mädchen, indem sie einen, wenn auch schwa=
chen, Versuch machte, die Hand des gallanten
Lakaien von ihrer Toilette zu entfernen; „das
gnädige Fräulein wartet auf mich, und wenn ich
so lange ausbleibe..."

„Nur einen einzigen Kuß, theuerste Annette!"
bat Herr Franz in jugendlicher Kühnheit und,
vom Augenblick außerdem gedrängt, gleich zur
Sache kommend.

„Sie sind nicht gescheidt!" sagte Annette er=
zürnt, „und hier, auf der Treppe!"

„Nur einen einzigen!"

„Lassen Sie mich los' — ich will nicht — wahr=
haftig, ich schreie!"

„Und wenn ich nun eine höchst merkwürdige
und interessante Neuigkeit für Sie hätte?" sagte
Herr Franz, in dem Gefühl, daß ein Dienst des
andern werth sei, ohne jedoch ihrer Drohung nach=
zugeben.

„Ja — I h r e Neuigkeiten kenn' ich!" rief die
Schöne, „sie hat wahrscheinlich schon in der Zei=
tung gestanden — lassen Sie mich los."

„Selbst erlebt — heute Morgen — bei Graf
Geyerstein," beharrte Herr Franz. „Wenn sie nicht
z e h n Küsse werth ist, sollen Sie mich nie wie=
der ansehen."

„Und die wäre?" fragte, neugierig gemacht, die Kammerzofe — „hat er seinen Karl fortge= schickt? Mein Himmel, da klingelt die Comtesse schon — lassen Sie mich los!"

„Erst den Kuß."

„Sie sind ein unverschämter Mensch — und Ihre Neuigkeit — so lassen Sie mich doch nur los!"

„Und bekomme ich dann den Kuß — einen jetzt und einen andern später..."

„Gleich zwei — ich schreie wahrhaftig — ich kann nicht länger warten!"

„Schön — Graf von Geyerstein hat heute Morgen verkleideten Damenbesuch gehabt — ist das zwei Küsse werth?"

„Nicht einen halben, wenn ich nicht weiß, wen."

„Madame Bertrand."

„Die Kunstreiterin?" rief Annette schnell; „es ist nicht wahr."

„Auf meine Ehre — in Männerkleidung. — Oben im Zimmer hatte sie ihr glattes Gesicht, und als sie unten aus dem Hause trat, einen Schnurrbart. Sie kam mir gleich bekannt vor, aber ich konnte mich doch nicht recht besinnen, wo ich das hübsche Gesicht schon gesehen hatte, merkte mir aber die Nummer der Droschke, in die sie stieg, und als ich heute Nachmittag dieselbe Droschke wiederfand, nannte mir der Kutscher auf meine Frage ohne Weiteres das Haus, wohin er den jungen Herrn gefahren."

„Und das Haus war?"

„Die Rose, wo die Kunstreiter wohnen."

„Meine Güte! die Comtesse reißt die Klingel= schnur ab!" rief in diesem Augenblicke Annette, erschreckt zusammenfahrend. Unten klingelte es in der That heftig, und sie wollte sich von Franz frei machen. Ohne den versprochenen Lohn kam sie aber nicht davon, Herr Franz nahm sie im Nu beim Kopf, und: „Sie böser Mensch!" sagte die Schöne, als sie sich endlich glücklich von ihm befreit und, ihre Frisur wieder in Ordnung bringend, die Treppe, so rasch sie konnte, hinabeilte. Herr Franz aber blieb noch eine Weile dort, wo sie ihn verlassen, stehen, und schaute ihr, sich vergnügt dabei die Hände reibend, nach, bis sie im Gange unten verschwunden war. Dann stieg er selber, langsam und behaglich, die Stufen hinauf, den ihm gegebenen Auftrag nach seiner Bequemlichkeit auszuführen.

Es schlug acht; einzelne Equipagen fuhren vor; die Familie des Kriegs=Ministers war unten im Salon versammelt, die nach und nach eintref=

fenden Gäste zu empfangen, und die Dienerschaft
kam herbei, den Thee, den die alte Excellenz eigen=
händig bereitete, herumzureichen.

Comtesse Melanie stand neben ihrer Mutter
und unterhielt sich mit dem eben eingetretenen
Grafen Selikoff; aber sie sah bleich und ange=
griffen aus, und nur einmal färbte ein leichtes
Roth ihre Wangen, als ihr Blick, neben dem
jungen Manne hinstreifend, auf den eintretenden
Grafen Geyerstein traf. Aber es schwand, so rasch
wie es gekommen, und kalt und förmlich dankte
sie der Verbeugung des sonst so willkommenen,
ja, oft heimlich ersehnten Gastes.

Dem jungen Grafen konnte diese Veränderung
in dem Betragen, dem ganzen Wesen Melanie's
nicht entgehen, aber die Gesellschaft selber gestat=
tete ihm auch — wenigstens für jetzt noch — nicht,
sie darum zu befragen. Der alte freundliche Herr
von Ralphen, der dem gern gesehenen jungen
Manne so herzlich entgegentrat wie früher, nahm
ihn vor allen Dingen in Beschlag, ihn mit einigen
anderen fremden Officieren bekannt zu machen,
und er kam nicht eher wieder von ihm los, als
bis der alte Herr seine Aufmerksamkeit auf die
zu arrangirenden Spieltische wenden mußte.

Graf Geyerstein selber spielte nicht und hatte

dadurch die beste Entschuldigung, sich von ihm zu=
rückzuziehen. Ehe er aber seinen Vorsatz, Melanie
unter jeder Bedingung anzureden, zur Ausführung
bringen konnte, lief er Ihrer Excellenz, der Frau
von Ralphen, in den Weg, die freundlich ihre
ringbedeckte Hand auf seinen Arm legte.

„Aber, lieber Geyerstein, wo in aller Welt
haben Sie nur die ganze Woche gesteckt? Man
sieht Sie ja gar nicht mehr und muß Sie orbent=
lich mit Gewalt herbeiziehen, wenn man Sie wirklich
einmal haben will.“

„Excellenz sind zu gnädig, mich glauben zu
machen, daß Sie mich vermißt haben,“ sagte der
junge Mann leicht erröthend. „Sie mögen aber
selber beurtheilen, wie streng in dieser Woche
unser Dienst gewesen sein muß, da ich genöthigt
war, die liebsten Menschen zu vermeiden.“

„Aber Abends hätten Sie doch gewiß einmal
Zeit gehabt. Sogar aus der gewöhnlichen Vor=
lesung sind Sie uns neulich weggeblieben, und
Graf Selikoff hat an Ihrer Stelle lesen müssen,
denn unsern Racine durften wir doch nicht im
Stiche lassen.“

„Es würde mir unendlich leid thun, wenn ich
die Ursache einer Störung gewesen wäre.“

„Das ist das Wenigste — darüber beruhigen

Sie sich. Rosalie hat Sie aber am meisten ver=
mißt, denn sie brennt vor Begierde, Ihnen ihre
neuen Zeichnungen vorzulegen."

„Darf ich sie holen, Mama?" flüsterte ihr die
junge Comtesse, die neben sie getreten war, rasch
ins Ohr.

„Jetzt nicht, mein Kind," lächelte die Excellenz;
„der Herr Graf hat jetzt mehr zu thun, als sich
mit Deinen Kunstproducten abzugeben — aber,
Fräulein," unterbrach sie sich plötzlich, mit einem
strengen Blick nach einer jungen Dame hinüber=
sehend, die unfern von ihnen, den Blick fest auf
die Gruppe geheftet, stand — „Sie vergessen Ihr
Amt — dürfte ich Sie bitten, darauf zu achten,
daß die Herrschaften Thee bekommen?" Und mit
einer heimlichen, nicht ganz leidenschaftslosen Be=
wegung deutete sie dabei auf den Rittmeister, der
sich indeß zu Rosalien gewandt hatte und mit
freundlichem Gruß zu dem jungen Mädchen sagte·
„Lassen Sie sich nicht abschrecken, Comtesse, bringen
Sie mir getrost Ihre Studien. Die Gesellschaft
soll mich nicht abhalten, mich recht herzlich über
Ihre Fortschritte zu freuen."

„Das ist sehr freundlich von Ihnen, lieber
Graf," sagte das junge Mädchen, deren Antlitz
hohes Roth überflog und ihre lebendigen Augen

noch viel lieblicher erhellte, „ich werde Sie auch
nicht lange plagen — ich habe mich aber so darauf
gefreut" — und mit leichten Schritten huschte
sie durch den Salon, dem nächsten Ausgange zu,
die Blätter selber schnell herbeizuholen.

Die Excellenz hörte diese kleine Unterredung
nicht, denn ihr Blick haftete noch, und zwar lange
nicht mit der Freundlichkeit, mit der sie vorher
den Rittmeister angeredet, auf der jungen Dame,
die schon bei ihren ersten mahnenden Worten tief
erröthend zusammengefahren war und sich rasch
abgewandt hatte, ihre für den Augenblick versäumte
Pflicht zu erfüllen.

Louise von Mechern, aus einem altadeligen
Geschlechte stammend, war durch die Empfehlung
des ***schen Gesandten nach *** und in das
Ralphen'sche Haus gekommen, wo sie die Stelle
einer Gouvernante bei Rosalien und ihrer jüngsten,
erst siebenjährigen Schwester ausfüllte und zugleich
mit musterhafter Ordnung die Wirthschaft der
nichts weniger als wirthschaftlichen Excellenz führte.

Louise von Mechern war ein liebes, bescheidenes und dabei höchst geistreiches, gebildetes Wesen, das j e d e Stellung im Leben vollkommen ausgefüllt haben würde. Aber ihr Körper hatte mit
ihrem Geiste nicht Schritt gehalten, und einer

Unvorsichtigkeit der Wärterin in frühesten Jugend=
jahren verdankte sie ein Uebel, das sie jetzt durch das
ganze Leben tragen mußte. Ihr Gesicht war bild=
schön, ein wahrhaft griechisches Profil mit großen,
sprechenden braunen Augen, dunklem vollem Haar
und feinen, edlen Zügen, aber — ihre rechte
Schulter war verwachsen und dadurch dem übrigen
Körper nicht die nöthige freie Entwickelung geworden.

Wie bald vergaß man aber, sobald man näher
mit ihr bekannt wurde, diesen körperlichen Fehler
in all' den geistigen Vorzügen, die ihr eigen wa=
ren, und welchen wohlthätigen Einfluß übte sie
dabei auf die Erziehung der ihr anvertrauten Kin=
der, ja, durch ihren Umgang selbst auf Melanie
aus! Die Töchter des Kriegs=Ministers hingen
auch mit treuer Liebe an dem jungen Mädchen,
und Melanie besonders fühlte, welch ein wohl=
thätiger Geist der Ordnung in ihr ganzes Haus
gekommen sei, seit Louise von Mechern mit ihrem
stillen, einfachen Wesen die Leitung desselben über=
nommen hatte.

Nur Frau von Ralphen schien das nicht zu
bemerken, oder — wenn sie es bemerkte — es
allein der Ordnung gemäß zu halten. Daß die
angenommene Gouvernante und Wirthschafterin
ihre Pflicht that, verstand sich von selbst; eine

weitere Anerkennung blieb deßhalb. Sogar in der
Frau von Mälphen war nicht etwa ein nicht dachte
übermäßig strenge Frau — ihren Kinder und fast
über hätte sie sogar noch bedeutend streng..
dürfen. Aber sie fühlte, daß sie in der Reside
eine sehr bedeutende Rolle spiele; sie wußte, und
war überzeugt, daß sie zu den „ersten Damen"
des Landes gehöre, und dadurch stolz — rücksichtslos
stolz gegen Alle geworden, die unter ihr standen.
Das gerade gab denn auch oft ihrem Betragen
und ganzen Wesen eine Härte und Schroffheit,
die unter anderen Umständen ihrem sonst wirklich
weichen und guten Herzen fern geblieben wären.

Louise ertrug das aber mit einer wahren Engels=
geduld. Still und freundlich, mit der ihr eigen=
thümlichen sanften und immer guten Laune, ver=
mied sie jede Klippe, die zwischen ihr und der
Excellenz hätte zu einem Wortwechsel führen kön=
nen, fügte sich ihren kleinen Eigenheiten, ohne
sich selber je das Geringste dabei zu vergeben,
und erwiederte zugleich von ganzer Seele die Liebe,
die ihr die Kinder entgegenbrachten.

Nur in Gesellschaft, selbst bei einem einzelnen
Besuche, fühlte sie sich gedrückt. Sie wußte, wie
sehr sie mit ihrem Körper, dem raschen, oberfläch=
lichen Urtheil der Welt gegenüber, im Nachtheile

Unvorsichtigkeite es so viel als möglich zu ver=
jahren verbon zu begegnen. Darin unterstützte in=
ganze Leke Excellenz sie nicht; denn ob sie nun
schön,.n wirklich nicht entbehren konnte, oder gar
spcmlich fühlte, daß durch die Gegenwart der un=
scheinbaren Gouvernante die Erscheinung ihrer eige=
nen Töchter gehoben würde, — wer vermag im
Innern eines menschlichen Herzens zu lesen? —
aber Louise mußte stets und in jeder Gesellschaft
erscheinen, und nur die dringendste Abhaltung
oder wirkliches Unwohlsein konnte sie entschul=
bigen.

Von den gewöhnlichen Gästen wurde sie aber
selten oder nie beachtet. Die Damen besonders
nahmen nie Notiz von ihr — es war ja nur die
Gouvernante, wenn auch aus einer edlen, vielleicht
edleren Familie, als sie selber, sprossend. Nur
Graf Geyerstein hatte sich gern und viel mit ihr
unterhalten, in früheren Zeiten sogar manche Partie
Schach, das sie meisterhaft spielte, mit ihr gezo=
gen, und an Melanie's Seite Stunden lang ih=
rem seelenvollen Vortrage auf dem Piano gelauscht.

Das Alles nahm sie still und dankbar hin, zog
sich nach solchen Abenden aber immer um so viel
scheuer in sich selbst zurück.

Dergleichen Abende waren aber auch in der letzten

Zeit viel seltener geworden, ja, hatten sogar in der letzten Woche ganz aufgehört, und vielleicht dachte Louise, als ihr Auge vorhin so ernst und fast traurig auf dem Grafen ruhte, jener Zeit — war er ihr doch indessen fast fremd geworden.

Und Graf Geyerstein? — er kam sich selber hier fast wie ein Fremder vor. — War es Melanie's verändertes Betragen, über das er sich nicht täuschen konnte? — war es des Bruders Schicksal, das in der letzten Zeit seine Seele so erfüllt, ihn fast die ganze übrige Welt darüber vergessen zu lassen? — war es der junge fremde Russe, der, kaum hier eingeführt, sich mit einer Zuversicht und Sicherheit in diesen Räumen bewegte, als ob er selber schon seit Jahren des Hauses intimster Freund gewesen? — Er wußte es nicht — nur wie ein dunkler, unheimlicher Schatten lag es auf seinem Herzen, und die hell erleuchteten, menschenbelebten Gemächer kamen ihm todt, öde und einsam vor, als ob er hier allein gestanden hätte.

Da tönte plötzlich ein helles, reines Lachen an sein Ohr. — Das war Melanie's Stimme; unter Tausenden hätte er sie ja herausgekannt. Er wandte rasch den Kopf dorthin — der fremde Graf mußte ihr gerade etwas unendlich Komi-

sches erzählt haben, denn ihr Antlitz strahlte vor
Laune und Uebermuth.

„Herr Graf," flüsterte in diesem Augenblicke eine
leise Stimme an seiner Seite, und Louise von
Mechern suchte ihn durch die Anrede auf den La=
kaien aufmerksam zu machen, der mit dem Thee=
Service auf dem silbernen Teller bis jetzt verge=
bens bemüht gewesen war, dem Rittmeister die
Erfrischung zu präsentiren.

Der Graf sah aber nichts weiter, als Me=
lanie's halb von ihm abgedrehtes glückliches Gesicht.
Nur einen flüchtigen Blick warf er herum, der
Anrede zu, und wandte sich, ohne das junge Mäd=
chen, das schüchtern neben ihm stand, auch nur
zu bemerken, mit einem einfachen „Ich danke"
wieder ab.

Der Lakai balancirte seinen Präsentirteller
nicht ohne Geschicklichkeit weiter, zwischen den ver=
schiedenen beweglichen Gruppen durch, und Louise
selber schrak schüchtern zurück. Rosalie aber kam
jetzt mit ihrer Mappe herbeigehüpft, und den Gra=
fen am Arm nehmend, der sich ihr nicht entziehen
durfte, führte sie ihn in ein kleines, etwas abge=
sondertes Seiten=Cabinet, dort ungestört seinen
Beifall über die wirklich mit vielem Talent und

fast nur unter der Leitung Louisens ausgeführten Skizzen einzuernten.

Hier sollten sie aber nicht lange ungestört bleiben, denn Fräulein von Zahbern hatte den Grafen schon vorher nicht aus den Augen verloren und folgte ihnen bald, sich anscheinend den ausgebreiteten Zeichnungen Rosaliens mit größtem Interesse widmend. In der That aber suchte sie nur die Durchsicht derselben zu beschleunigen, und als die Comtesse, von der Anwesenheit der jungen Dame eben nicht erfreut, ihre Arbeiten wieder zusammenlegte und forttrug, ergriff Fräulein von Zahbern des Grafen Arm und flüsterte: „Aber sagen Sie mir nur um Gotteswillen, Herr Graf, wollen Sie denn den Kampf ganz ohne Schwertstreich aufgeben?"

„Den Kampf, mein gnädiges Fräulein?"

„Ah, stellen Sie sich nicht, als ob Sie nicht verständen, was ich meine," rief die Dame rasch, „wir haben hier auch keine Zeit durch Aufklärungen zu versäumen. Sie müssen doch sehen, daß jener Russe Sturm auf Melanie's Herz läuft."

„Und glauben Sie nicht, daß die Festung stark genug sein wird, sich zu halten?" sagte der Rittmeister lächelnd, während aber doch ein ganz eigenes Weh sein Herz durchzuckte.

„Nein!" rief das Fräulein rasch und entschie=
den, wenn auch noch immer mit unterdrückter
Stimme. „Sie sind entweder erschrecklich leicht=
sinnig oder erschrecklich — zuversichtlich, wenn Sie
die Gefahr nicht sehen wollen, die Ihnen droht."

„Aber woher auf einmal diese Theilnahme
für mich, mein gnädiges Fräulein?" sagte der
junge Mann mit viel größerer Ruhe, als Fräu=
lein von Zahbern wohl erwartet haben mochte.

„Aus Patriotismus. Ich hasse die Russen,
und diesen Russen..."

„Vor allen anderen?"

„Nein — ärgern Sie mich nicht — diesem
Russen gönne ich eben Melanie nicht. Die ganze
Stadt weiß ja doch, daß Sie für sie schwärmen."

„Die ganze Stadt weiß oft mehr von uns,
als wir selber wissen," sagte der Graf trocken.

„Mehr wenigstens, als uns oft lieb ist," er=
gänzte das gnädige Fräulein mit einem bezeich=
nenden Blick auf den Rittmeister selber, der je=
doch an diesem machtlos abglitt — „Sie aber,
Herr Graf," setzte sie dann, als sie es bemerkte,
hinzu, „sind mir ein vollkommenes Räthsel und
entweder der — durchtriebenste oder der unschul=
digste Mann, dem ich in meinem ganzen Leben
begegnet bin."

„Laſſen Sie uns das Letztere hoffen, mein gnädiges Fräulein," ſagte der Rittmeiſter, dem das Geſpräch unangenehm zu werden anfing. „Wir ſollen von unſeren Mitmenſchen immer nur das Beſte denken."

„Alſo muß ich denken, daß Sie jede Bewer= bung um Melanie aufgegeben haben?" ſagte Fräu= lein von Zahbern mit kaum verheimlichtem Aerger.

„Mein gnädiges Fräulein," erwiederte der Rittmeiſter, durch die unzarte Frage verletzt, „meine Anſichten und Wünſche können hier nicht gut in ſolcher Weiſe von uns Beiden verhandelt werden. Comteſſe Melanie iſt jedenfalls ihre eigene Gebieterin, und vollſtändig fähig und berechtigt, ſolche Be= werbungen, die ihr nicht anſtehen, zurückzuweiſen. Bewirbt ſich Graf Selikoff wirklich um ſie, ſo wird ſie auch entſcheiden, ob ſie das günſtig oder un= günſtig aufzunehmen hat. Ein Drittes dabei wäre, meiner Meinung nach — überflüſſig."

„Und wenn der Graf ältere Verpflichtungen hätte?" ſagte die Dame gereizt.

„Graf Selikoff iſt, ſo weit ich bis jetzt über ihn urtheilen kann," erwiederte kalt der Rittmei= ſter, „ein Ehrenmann und deßhalb einer unedlen That unfähig. Wie dem aber auch ſei, meine Gnädige, die älteren Anſprüche würden in dem

Falle weiter nichts zu thun haben, als — sich geltend zu machen."

Fast unwillkürlich hatte er sich bei diesen Worten dem Eingange des Cabinets zugewandt, an dem gerade zwei alte Geheimeräthe eine fast leidenschaftliche Debatte über Schnupftabak führten. Andere Gruppen auf- und abwandelnder Gäste waren ebenfalls in die Nähe gekommen, und Graf Geyerstein glaubte zu hören, daß sein eigener Name genannt würde.

Er drehte sich danach um und sah unfern von sich den alten General von Schoden mit seiner Tochter Euphrosyne und Melanie, die mit dem Grafen Selikoff in ein eifriges Gespräch verwickelt schien.

„Ich kann Ihnen nicht helfen, Comtesse," lachte der alte General, „aber die Sache ist so, wie ich sage: Monsieur Bertrand giebt seine Truppe auf, oder verkauft wenigstens seine Pferde, denn ich weiß aus ganz sicherer Quelle, daß er den Falben mit dem weißen Hinterfuß und den Fuchs mit der schwarzen Mähne, die beiden Prachtpferde, dem General Beuter zum Verkauf angeboten hat."

„Und ich berufe mich nochmals auf Graf Geyerstein," erwiederte Melanie, jetzt kaum zwei Schritte von dem Rittmeister entfernt. „Der Graf ist sehr

genau mit der Truppe bekannt und hätte uns
doch, wenn sich die Sache wirklich so verhielte,
gewiß schon ein Wort davon gesagt, da er weiß,
wie großen Antheil wir daran nehmen."

„Es thut mir leid, Comtesse, in diesem Streite
nicht auf Ihrer Seite kämpfen zu können," fiel
hier Graf Selikoff mit etwas gebrochenem Deutsch
ein, „aber der General hat recht, den Falben, wie
den einen weißen arabischen Hengst habe ich sogar
selber gekauft, um beide nach Petersburg zu schicken."

Melanie schien im Anfange die Worte gar
nicht zu hören, denn ihr Blick hing fest und forschend an den Zügen des Rittmeisters; aber diesen Moment des Selbstvergessens bezwang sie rasch,
und zu dem Russen gewandt, sagte sie: „In der
That? — das hätte ich nicht geglaubt. — Was
mag den Mann dazu bewogen haben? Herr Rittmeister, wissen Sie vielleicht etwas Näheres über
diesen überraschenden Verkauf? Will sich vielleicht
Monsieur Bertrand ganz dem Seiltanz widmen?"

„Ich bedaure unendlich, Comtesse," erwiederte
ruhig Graf Geyerstein, „Ihnen nichts Näheres
darüber mittheilen zu können. Es ist sogar dies
das erste Wort, das ich von dem Verkauf höre,
ich muß also doch nicht so genau davon unterrichtet sein."

Comtesse Melanie schwieg, und eine fliegende Röthe färbte ihr für einen Augenblick Wangen und Nacken, um gleich darauf wieder, so rasch wie sie gekommen, zu verschwinden. Fräulein von Zahbern aber, mit dem Interesse, das sie an j e d e r Stadtneuigkeit nahm, rief erstaunt: „Ist es denn möglich, Monsieur Bertrand will sein Geschäft aufgeben? Aber das kann ja gar nicht sein, oder er hat sich genug verdient, um den Kunstreiter an den Nagel zu hängen und den Rentier zu spielen. Da freue ich mich nur, daß w i r ihn noch hier zu guter Letzt gehabt und gesehen haben. Und seine Frau reitet nun also auch nicht mehr?"

„Nur Vermuthungen von unserer Seite, meine Gnädige," sagte der alte General von Schoden. „Wir wissen selber darüber nicht mehr, als Sie."

„Ich finde es auch so erstaunlich unweiblich, zu reiten," bemerkte Fräulein Euphrosyne von Schoden, „ich muß gestehen, ich hätte die Vorstellungen um keinen Preis wieder besucht."

„Larifari!" lachte der alte General, „wegen der kurzen Röcke? — mit langen Reifröcken können sie auf keinem Pferde herumtanzen."

„Aber, Papa, ich bitte Dich um Gotteswillen..."

„Ich fragte Monsieur Bertrand," fiel hier

Graf Selkoff ein, „ob er die Absicht habe, seine
Reitkunst aufzugeben, erhielt von ihm aber nur
ausweichende Antworten. Die Sache kann übri=
gens kein Geheimniß bleiben, denn seine Truppe
wird uns bald darüber aufklären, wenn er es
selber nicht für nöthig finden sollte.“

„In der Stadt erzählt man,“ nahm hier der
hinzutretende Intendant das Wort, „daß sich Mon=
sieur Bertrand schon wegen des unterlassenen Seil=
tanzes zwischen den beiden Thürmen sehr heftig
mit seiner Frau gezankt habe, und die Beiden sich
wollten scheiden lassen.“

„In der That?“ rief Melanie schnell, und ihr
Blick streifte fast unwillkürlich den Rittmeister.

„Ja, meine Gnädigste,“ versicherte Herr von
Zühbig mit wichtiger Miene, indem sich seine Stirn
in dichte Falten zog, „Madame Bertrand scheint
etwas heftiger, selbstständiger Natur zu sein, wie
alle diese Art Damen, und es sollte mich gar nicht
wundern, wenn sie das Geschäft, o h n e Herrn
Bertrand, allein fortsetzen würde.“

„Ohne Pferde?“ sagte der General.

„Ohne Pferde?“ — Pardon! nein.

„Aber ihr Mann verkauft sie alle.“

„Ha, dann dressirt sie vielleicht andere. Es
ist ein pompöses Weib, diese Madame Bertrand,

ein kleiner Teufel — wie ich mir habe sagen
lassen."

„Es kann ja auch sein," nahm hier Melanie
das Wort, „daß sie sich selber nach Ruhe sehnt,
und vielleicht in stiller Zurückgezogenheit ihr Le=
ben nach so vielen Gefahren und — Aufregungen
zu genießen gedenkt."

„Sehr leicht möglich, meine Gnädigste, sehr
leicht möglich!" rief Herr von Zühbig mit einem
lüsternen Lächeln um die Lippen. „Man munkelt
sogar in der Stadt von einer Liaison, die ver=
lockend genug sein sollte, selbst den schönen Mon=
sieur Bertrand aufzugeben."

„Sie sind boshaft, Baron," sagte Melanie, in=
dem sie fühlte, daß ihr das Herzblut selbst zu
Eis gerann. Aber sie wagte nicht in diesem Au=
genblicke zu dem Rittmeister aufzuschauen.

„Die Stadt wird nie müde," sagte da Graf
Geyerstein's ruhige, klangvolle Stimme, „derglei=
chen Erzählungen zu erfinden, und es giebt auch
stets gefällige und geschäftige Menschen, die sie
weiter tragen."

„Ich sage nur nach, was mir erzählt wor=
den ist!" rief von Zühbig rasch.

„Natürlich, Herr Intendant," lachte Fräulein
von Zahbern, „mehr thun wir Alle nicht. Wenn

wir aber Alle so finster und schweigsam wären, wie der Herr Rittmeister, so hörte jede Unterhaltung auf, und man säße in stiller Selbstbeschauung neben einander, eine Tasse Thee mit Würde zu trinken. Hahahaha — eine solche Damen-Gesellschaft möchte ich einmal sehen!"

„Haben Sie keine Furcht, mein gnädiges Fräulein," lachte der alte General, „hier in *** passirt Ihnen das nicht, Ihr Weiber müßt einmal klatschen, das ist Euer Erbfehler..."

„Aber, bester Papa..."

„Und Du, Euphrosine, bist nicht um ein Haar besser, als die Anderen!" rief der alte Haudegen.

„Aber Du gebrauchst solche incroyable Ausdrücke, Papa!"

„Larifari! ich nenne das Kind beim rechten Namen."

„Comtesse, ich habe den ganzen Abend bis zu diesem Augenblicke vergebens eine Gelegenheit gesucht, Sie begrüßen zu können," wandte sich Graf Geyerstein an Melanie — diesen Augenblick benutzend, wo die Aufmerksamkeit der Uebrigen auf den General und seine Tochter gerichtet war. —

„Ich bin sehr erfreut, Sie nach so langer Zeit wieder einmal bei uns zu sehen," erwiederte die junge Gräfin mit einer artigen, aber kalten Bewegung des Hauptes.

„Wenn Sie wüßten . . .".

„Wie beschäftigt Sie die letzte Zeit gewesen?" unterbrach ihn Melanie, und fast unwillkürlich suchte ihr scharfer, forschender Blick sein Auge. Ruhig jedoch nur mit einem leisen, fast schmerzlichen Ausbrucke, begegnete es dem ihrigen. Sie wandte sich rasch ab und fuhr fort: „Ich kann es mir denken, und Sie sind vollkommen entschuldigt. — Aber kommen Sie, Herr Graf," redete sie in demselben Augenblicke den jungen Russen an, „ich versprach Ihnen vorhin die russische Volkshymne — Louise soll sie uns spielen — es ist ein Genuß, sie zu hören."

„Es ist auch eine der schönsten Melodien, die es giebt," sagte der Graf, die letzten Worte falsch verstehend, „und Sie machen mich unendlich glücklich, Comtesse, daß Sie solches Interesse an unserer Nationalhymne nehmen."

Melanie verneigte sich leicht gegen den Grafen Geyerstein, legte dann ihre Hand in den ihr gebotenen Arm des jungen Russen und schritt an seiner Seite dem andern Salon zu, in dem der Flügel aufgeschlagen stand.

„Und hatte ich unrecht?" flüsterte Fräulein

von Zahbern in des Rittmeisters Ohr, indem ihr
Blick mit einer, ihr sonst nicht unschönes Gesicht
fast entstellenden Mischung von Zorn und Eifer=
sucht das Paar verfolgte.

„Lassen Sie uns die Nationalhymne mit an=
hören, mein gnädiges Fräulein," sagte Graf Geyer=
stein statt aller Antwort, indem er ihr den Arm
bot und die erbitterte Schöne, ohne ihr Zeit zu
einer weitern Bemerkung zu geben, den Voran=
gegangenen nachführte.

8.

An demſelben Abende, an welchem beim Kriegs=
Miniſter von Ralphen die Soirée gehalten wurde,
und während dort in den hellerleuchteten und
wohlthätig durchwärmten, von Blumen duftenden,
von ſanften Melodien durchſtrömten Räumen
fröhliche Menſchen geſellig bei einander ſaßen,
bereitete ſich eine andere, von dieſer weit verſchie=
dene Scene in der zweiten Etage der Roſengaſſe vor.

Die Vorſtellung im Circus war beendet, und
mit ihr die letzte, der Geſellſchaft für dieſe Meſſe
geſtattete. Draußen auf dem Platze, als die letz=
ten Menſchen das hohe, runde Bretterhaus kaum
verlaſſen hatten, arbeiteten, hämmerten und poch=
ten ſchon wetterbraune Geſtalten in Hembsärmeln
und Schurzfellen, die Bude wieder abzuſchlagen
und ſie ſo raſch als möglich von dem Platze, den
ſie mit ihrer bretternen Maſſe entſtellte, zu ent=
fernen.

Auch oben in dem Zimmer Georg Bertrand's
sah es aus, als ob der Eigenthümer des Gemaches
im Begriff sei, abzureisen, denn wild und unor=
dentlich lagen alle möglichen Costümestücke bunt
zerstreut über Stuhl= und Sophalehnen, ja selbst
über den Boden hin. Handschuhe, Hüte, Reit=
peitschen, ja, selbst andere Theile einer Damen=
Garderobe bedeckten zum Theil den großen runden
Tisch, der in der Mitte der Stube stand, und
waren nur zur Hälfte zurück= und zusammenge=
schoben, um dem durch die Hausmagd heraufgebrach=
ten Abendbrod für drei Personen nothdürftigen
Raum zu geben.

Die Luft in dem ziemlich geräumigen, aber
sehr niedern Gemache war dabei schwül und
dumpfig, und kaltgewordener Tabaksqualm, wie
der warme Fettgeruch verschiedener Fleischspeisen
diente nicht dazu, sie zu verbessern.

Auf dem Sopha lag Demoiselle Josephine,
Georginens siebenjährige Tochter. Das Kind war
von der für seine Jahre übermäßigen Anstrengung
erschöpft eingeschlafen, und der Schein der Lampe
fiel, ohne die Schläferin zu stören, grell auf das
bleiche, aber stark geschminkte, abgespannte Gesicht
des Kindes.

Georg Bertrand war noch nicht nach Hause

gekommen. Er mußte darauf sehen, daß vor allen
Dingen seine Pferde gut gewartet, abgerieben und
gefüttert wurden, ehe er selber an seine eigene
Verpflegung denken konnte. Fremden Menschen,
und noch dazu solch leichtsinnigem Volke, wie sei=
nen Künstlern, durfte er das, wie er recht gut
wußte, nicht überlassen.

Georgine dagegen hatte eben das Zimmer be=
treten, aber ihr leichtes, luftiges Costume, mit dem
sie in der letzten Pièce als Elfe die Zuschauer ent=
zückt, noch nicht abgelegt. Nur ein langer, leichter,
grauer Mantel, den sie beim Nachhausegehen dar=
übergeworfen, schützte sie gegen die kalte Nachtluft,
und selbst hier, in dem fast schwülen Zimmer,
hatte sie ihn noch nicht abgelegt, denn ihre Seele
beschäftigte Anderes, als die Veränderung ihrer
Toilette.

Unruhig und rasch schritt sie in dem breiten,
niedern Gemache auf und ab. Die nackten Arme
fest auf der unruhig wogenden Brust verschränkt,
das Haupt gesenkt, auf dem die noch nicht abge=
legten Blumen und Federn herüber und hinüber
wehten, maß sie den engen Raum wieder und
wieder, und unterbrach ihre Schritte nicht einmal,
als ihr Vater endlich, ebenfalls noch in seinem
Hanswurst=Costume, in's Zimmer trat.

„Ist Georg noch nicht zu Hause?" fragte der
Alte, indem er seine Kappe auf dem Kopfe rückte
und sich mit der Hand durch die langen, schon
dünnen und ergrauenden Haare fuhr.

„Nein," lautete die kurze Antwort, und die
Frau schritt, ohne nur zu ihm aufzusehen, an ihm
vorüber.

Der Alte betrachtete sie eine Weile kopfschüt=
telnd, dann ging er zu dem Sopha, auf dem Jo=
sephine lag, und blieb davor stehen. „Hm," sagte
er hier, indem er einen alten, auf der Sophalehne
hangenden Rock über die halbentblößten Glieder
der Kleinen zerrte, „das Kind wird sich erkälten.
Hat sie denn schon zu Nacht gegessen?"

„Ja, sie war früher fertig, als wir."

„Wo hockt denn die Christel, daß sie gewaschen
und zu Bett gebracht wird?"

„Rufe sie — die faule Dirne ist nie da, wenn
sie gebraucht werden soll."

Der Alte ging kopfschüttelnd wieder hinaus
und kam bald mit einer Art von Dienstmädchen
zurück, das den Tag über auch noch dazu verwandt
wurde, die verschiedenen Costumes in Ordnung zu
halten. Das Mädchen schien selber irgend wo ein=
geschlafen und eben geweckt zu sein, denn sie konnte
noch nicht in das Licht sehen. Ohne viele Umstände

ergriff sie das schlafende Kind mit dem darüber
gedeckten Rock, warf es sich halb über die Schulter,
ohne daß es dadurch erwacht wäre, und trug es
in sein Schlafzimmer nebenan.

„Das Fleisch wird ganz kalt," sagte indeß der
Alte, der sich nicht weiter um das Uebrige be=
kümmerte. „Wo nur Georg wieder bleibt — setz'
Dich mit her, man muß jetzt das Bißchen Fressen
so nur immer in aller Hast hineinhetzen."

„Iß nur," erwiederte die Frau, „ich habe
keinen Hunger."

„Keinen Hunger? und nach d e r Anstrengung?"
brummte der Alte. „Dabei kann man doch wahr=
haftig nicht von der Luft leben! — Meinetwegen
aber, wenn Du nicht willst — i ch h a b e Hunger!"
Und damit warf er seine alte Filzkappe in die
Ecke, holte sich einen großen Krug Bier und vom
Fenster eine Flasche Branntwein, langte dann
aus den vor ihm stehenden, mit guten, nahrhaften
Speisen gefüllten Schüsseln wacker zu und schien
sich bald nach Umständen vollständig behaglich zu
fühlen.

Nur das unruhige Wesen der Frau störte ihn;
er sah ihr ein paar Mal auf ihrem Gange kopf=
schüttelnd nach, und dann wieder nach der alten
Schwarzwälder Uhr, die im Zimmer hing, hinüber,

rückte ungeduldig eine Weile auf seinem Stuhle
hin und her, und sagte endlich: „Was hast Du
denn nur heute Abend, Gine, daß Du wie toll
im Zimmer auf und ab rennst? Weßhalb hast Du
Dich noch nicht ausgezogen? Zum Donnerwetter
setz' Dich einmal! man wird ganz verdutzt."

Die Frau antwortete weder, noch unterbrach
sie ihren Gang, und nur manchmal blieb sie einen
Moment plötzlich stehen, nach der Thür hinüber
zu horchen.

Der Alte sah ihr kopfschüttelnd zu, dann aß
er ruhig weiter, bis er satt war, schob jetzt den
Teller zurück, schenkte sich ein Bierglas halb voll
Branntwein, das er auf Einen Zug und ohne
eine Miene zu verziehen leerte, und nahm dann
das Gespräch noch einmal auf: „Dir geht Georg's
neuer Plan im Kopfe herum — er paßt Dir nicht,
ich weiß es — er paßt auch mir eigentlich nicht recht,
aber — bei Lichte besehen, hat er doch am Ende
nicht so ganz unrecht. Wir werden alt, und ich
für mein Theil hätte nichts dagegen, wenn ich
mich einmal — wenigstens eine Zeit lang — aus=
ruhen könnte, ohne gerade am Hungertuche zu
nagen."

Georgine schleuderte ihm einen finstern Blick
zu, erwiederte aber noch immer keine Sylbe, und

der Alte, noch einmal zu der Flasche greifend, aus der er sich langsam einschenkte, fuhr, eigentlich mehr zu sich selber, als zur Tochter redend, fort: „Und es ist doch eigentlich nur ein Hunde= leben, das wir führen, Faren und Narrenspossen machen, daß das Lumpenvolk sich für seine paar Groschen, die es zahlt, darüber ausschütten kann und besser danach verdaut — Canaillen, verdammte, die uns nachher auf der Straße über die Achsel ansehen, oder hinter uns drein speien — und wegen solcher Bande riskirt man seine Gliedmaßen, bis man einmal zum Krüppel wird! Nachher kann man betteln gehen, mit Krücke oder Stelzfuß, und ihretwegen auch verhungern — was kümmert das sie!"

Der alte Mann hatte den Ellbogen auf den Tisch gestützt und schaute mit den kleinen tieflie= genden Augen finster und verdrossen in die dicht vor ihm flackernde Lampe hinein. Aber wo war jetzt der tolle Humor in diesen Zügen, der noch vor wenigen Viertelstunden das Volk da draußen hatte aufjauchzen und jubeln machen? Wo war die Laune geblieben, mit der er sich dem Stall= meister zwischen die Füße warf und seinen Kör= per verrenkte und durcheinander wand, nur um dem süßen Pöbel draußen zu gefallen?

Nichts von allem dem ließ sich mehr in dem finstern, verdrossenen und doch so entsetzlich bemalten Angesicht erkennen, auf das die Lampe jetzt ihr volles, grelles Licht goß. Scharf und verzerrt schnitten dabei die weißgemalten Streifen desselben ein, während das Zinnoberroth ordentlich leuchtete und die beiden Augen unter den tief herabgezogenen buschigen Brauen wie ein paar Stücke rothheißen Eisens funkelten.

Fest hatte sich dabei die magere, sehnige Hand in das lange, dünne Haar gekrallt, das zwischen den Fingern in spärlichen Locken herausquoll, und ein eigener Ausdruck von Trotz, Grimm und Ekel lag in den tiefgefurchten, farbebestrichenen Zügen.

Georgine war neben ihm stehen geblieben, und den weißen, vollen Arm auf den Tisch stützend, sagte sie mit leiser, wie höhnisch klingender Stimme: „Und willst Du ein B a u e r werden?"

„Warum nicht?" erwiederte der Mann, ohne seine Stellung auch nur um ein Haar breit zu verändern, „immer noch besser ein Bauer, als ein — Hanswurst."

„So zieht Ihr Beiden a l l e i n zwischen Eure Schafe und Kühe!" rief das junge, schöne Weib, in wildem Zorn emporfahrend, „ich selber weiß, was ich mir und Josephinen schuldig bin, und

den will ich sehen, der mich zwingen soll,
draußen zwischen Kraut- und Kartoffelfeldern mein
Leben zu beschließen?"

„Niemand, Georgine, Niemand!" sagte in diesem Augenblicke die tiefe, klangvolle Stimme Georg
Bertrand's, der unbemerkt von den Beiden in die
Thür getreten und auf der Schwelle stehen geblieben war. „Wenn Du es über's Herz bringen
kannst, Deinen Gatten allein ziehen zu lassen,
allein Deinen Weg Dir in der Welt zu bahnen,
in Gottes Namen dann, ich kann und werde Dich
nicht daran hindern."

„Nicht?" rief die Frau erstaunt, ja, überrascht,
nach ihm herumfahrend, „Du würdest Dich von
mir und Josephinen trennen wollen?"

„Von Josephinen? — nein," sagte der Mann
ruhig, indem er seinen Hut auf den Stuhl neben
der Thür legte und langsam jetzt in's Zimmer trat.

„Von Josephinen nicht?" rief in schnell wieder aufloderndem Zorn die Frau, „welche Macht
der Erde wird das Kind von der Mutter trennen?"

„Das Gesetz!" erwiederte mit dem vorigen
Gleichmuth ihr Gatte; „das Gesetz spricht nach
dem siebenten Jahre das Kind dem Vater zu."

„Du darfst mir Josephinen nicht nehmen,"
zischte da Georgine zwischen den zusammengebissenen

Zähnen durch, „Du weißt, daß ich ohne das Kind nicht leben kann, daß ich mit mehr als Mutterliebe an ihm hange, daß sie mein Eins und mein Alles ist auf dieser Welt — Du kannst und darfst mich nicht tödten, und mir das Kind nehmen, hieße mehr als mich morden."

„Und will ich das?" erwiederte Georg, jetzt vor sie tretend und ihre Hand ergreifend, „habe ich nicht Bitten auf Bitten an Dich verschwendet, mir und dem Kinde das Opfer zu bringen, diesem unseligen Leben zu entsagen? Hat nicht Josephine selber Dich gebeten, mich nicht zu verlassen und draußen in der freundlichen Natur zu vergessen, was Dich hier berauscht — den Beifall der Menge? — Georgine, kann Dir denn nicht ein häusliches Familienglück, das Du noch gar nicht kennst und das nur zu bald seinen Zauber um Dich breiten wird, das Jauchzen und Beifallklatschen fremder, gleichgültiger Menschen ersetzen? Lebst Du denn nur für diese Masse, die Dir nichts, gar nichts entgegenbringt, als nur das Verlangen, auf angenehme Weise amüsirt zu werden, und die gleichgültig selbst an Deinem Sarge vorübergehen würde, wenn ein unglücklicher Fall Dich in der nächsten Stunde vielleicht abriefe?"

„Nach meinem Tode? Nicht so viel kümmere

ich mich darum!" rief das schöne Weib verächtlich.
„Ob sie mich lieben werden oder hassen, was liegt
daran! Nur dieses Leben ist mein, nur dem
Leben gehöre ich an. Was schert mich die Liebe
oder der Haß des Volkes nach dem Tode!"

„Und ich? — und Dein Kind?" sagte Georg
mit weicher Stimme.

„Wenn Ihr mich liebtet, quältet Ihr mich
nicht so," rief die Frau zurück. „Du weißt, daß
ich so wenig für das Land passe, wie Dein Araber zum Karrenziehen und Ackern; die Hand möchte
ich sehen, die uns Beide dazu zwingen kann."

„Du weißt," sagte Georg ruhig, „daß ich den
Araber zu Allem zwang, wozu ich ihn haben
wollte."

„Aber mich nicht, Georg, mich bei Gott
nicht!" rief die Frau, wieder zu voller Heftigkeit
ausbrechend. „Versuch' es nicht, Du möchtest
es bereuen."

„Es ist zu spät, darüber noch zu reden,"
sagte fest entschlossen Georg. „Heute Abend nach
der Vorstellung habe ich den Handel über mein
letztes Pferd abgeschlossen, die wenigen ausgenommen, die ich mit mir zu nehmen gedenke, und
morgen schon verlassen wir ***, keine weitere Messe
mehr zu besuchen. Die Gesellschaft ist aufgelöst,

die Leute werden morgen ausgezahlt, und ich und Josephine ziehen hinauf nach Mecklenburg, ein neues Leben von heute an zu beginnen."

„Und glaubst Du, daß ich das Kind Dir gut= willig lassen werde?" fragte Georgine, und ihre ganze Gestalt zitterte in der furchtbaren Bewegung, die sich ihrer bemächtigt hatte.

„Du mußt, Georgine," lautete die feste Ant= wort, „die Gesetze schützen mich darin — wenn ich deren Schutz anrufen müßte. Ich habe mich ge= nau danach erkundigt. Josephine ist über sieben Jahre alt, und das Gesetz spricht in diesem Falle dem V a t e r des Kindes, falls sich die Eltern tren= nen sollten, das Recht zu, über seine Zukunft zu wachen und zu bestimmen."

„Und wer hat Dich mit den Gesetzen so ge= nau bekannt gemacht? — glaubst Du nicht, daß ich Deinen Helfershelfer errathe?"

„Wenn Du d e n Mann meinen H e l f e r s = h e l f e r nennst, der mir wie einem Ertrinkenden die Hand bietet, mich aus einem Leben zu erret= ten, das mich die letzten Jahre nur zwischen Ver= zweiflung und Selbstmord schwanken ließ, so hast Du recht," sagte Georg düster.

„Zwischen Verzweiflung und Selbstmord, Du?" rief erstaunt die Frau — „Du, der nur Lust und

Stolz in der Ausübung seiner Kunst fand, dem
an Kühnheit und Geschicklichkeit K e i n e r gleich=
kam?"

„Es ist gut," erwiederte der Mann, ernst mit
der Hand abwehrend; „die Zeiten sind, Gott sei
Dank, vorbei, denn Du kennst mein früheres Le=
ben nicht, weißt nicht, k a n n s t nicht wissen, was
ich gelitten und geduldet habe, es zu vergessen.
Jetzt endlich ist mir Rettung geboten; jetzt end=
lich streckt sich mir eine Hand entgegen, mich zu=
rück zu Sicherheit und Ruhe zu führen, und, beim
ewigen Gott! ich will sie nicht undankbar von
mir stoßen. — Du kennst mich, Du weißt, daß
ich durchführe, wozu ich einmal fest entschlossen
bin; glaube also nicht, mich durch zornige Worte
oder machtlose Drohungen schwanken zu machen.
Auch D i r bietet sich die Hand, auch für Dich ist
die Hülfe gemeint. Folge deßhalb meinem Rath
— folge Deinem Gatten — Deinem Kinde, und
stürze Dich nicht wieder einem Leben entgegen,
an dem Du jetzt vielleicht Freude findest, in dem
Du aber doch mit der Zeit rettungslos unterge=
hen müßtest."

„Er hat recht, Gine," sagte auch der Alte, der,
ohne bis jetzt seine Stellung zu verändern, auf=
merksam den Worten Bertrand's gelauscht und

nur manchmal langsam dazu mit dem Kopfe ge=
nickt hatte. „Wir Alle werden nicht jünger, und
ein solcher Schlupfwinkel für's Alter bietet sich
nicht einem Jeden von uns. Der rothe Kaspar
war zu meiner Zeit, wie ich noch in Bundhosen
herumlief, ein so toller Hanswurst, wie es je einen
gegeben hat: die Banden zahlten ihm damals
schon sechs= bis siebenhundert Thaler jährlich mit
Kußhand, und er brauchte sich noch nicht einmal
dafür bei ihnen zu bedanken. Auf der Messe jetzt
habe ich ihn mit einem abgeschnittenen Beine und
einer Drehorgel und Mordgeschichten getroffen, und
ich mußte ihm ein paar Groschen geben, daß er nur
endlich einmal wieder, wie er meinte, etwas War=
mes in den Leib bekäme. Ich selber habe nicht
die geringste Lust, in meinen alten Tagen mit
einer Drehorgel oder mit Fleckseife im Lande her=
umzureisen, Winter und Sommer draußen auf
den Straßen zu liegen und den Bauernlümmeln
die alten schmierigen Rockkragen abzuseifen oder
schreckliche Blutgeschichten vorzuleiern, in denen
zuletzt immer die Polizei gelobt wird. Ich und
der Karl, wir gehen mit. Der Karl soll auch
Oekonom werden, daß er mir nicht den Hals
bricht, wie sein Vater, was ihm der lahme Jör=
gen schon vor vier Jahren prophezeit hat.“

11*

„Geh mit uns, Georgine!" bat da auch Ber=
trand, mit weit mehr Herzlichkeit, als er bisher
zu ihr gesprochen. — „Versuche es nur einmal
ein Jahr mit uns, und Du wirst sehen, daß Du
gar rasch und freudig Dich in den neuen Zustand
findest. — Du kennst das stille bürgerliche Leben
ja noch gar nicht; weißt nicht, ahnst noch nicht
einmal, welche Reize und Genüsse es bietet. Bleibe
bei uns; bleibe bei Deinem Kinde, dem doch kein
Fremder je die Mutter wird ersetzen können."

„Soll ich Komödie in Deinem Familienkreise
spielen?" fragte das schöne Weib höhnisch, indem
sie mit untergeschlagenen Armen vor dem Gatten
stehen blieb.

„Nenne es die erste Zeit, wie Du willst,"
sagte Bertrand ruhig, „nur zu bald wirst Du doch
einsehen lernen, daß Du nie mehr Dein eigener
Herr gewesen, als gerade in jenem einfach natür=
lichen Leben auf dem Lande!"

„Und glaubst Du wirklich, daß Du mich je
zur Bäuerin machen könntest?" lachte Georgine,
indem sie in Verachtung und Zorn die schön ge=
schnittenen Lippen emporwarf; „ich hätte gedacht,
daß Du mich besser kennen solltest."

„Und Du willst mir wenigstens gestatten, den
Versuch zu machen?"

„Nein — dreimal und tausendmal nein!" rief Georgine mit wieder aufloberndem Zorn, „bis ich nicht sicher weiß, daß die Gesetze Dir wirklich erlauben, mir mein Kind zu stehlen. Ich zweifle nicht an der Möglichkeit, denn Ihr Män = ner habt die Gesetze gemacht, und was gilt Euch das Herz einer Mutter? Aber selber erfragen will ich erst die Schmach, und ist das sicher — gut — dann gehe ich mit Euch. Von Josephinen kann ich, will ich mich nicht trennen, und über sie wachen werde ich dort, wie die Löwin über ihr Junges. Versucht es dann, sie mir abtrün = nig zu machen."

„Bah!" sagte der Alte, unwillig seinen Kopf schüttelnd, „schwatze keinen Unsinn; es will sie Dir Niemand stehlen, und Georg ist am kleinen Finger vernünftiger, als Du am ganzen Leibe. Beschlafe die Geschichte; morgen wirst Du ver = nünftiger darüber denken. Morgen halte ich denn auch Auction mit dem Plunder hier, oder — werfe ihn am Liebsten auf die Straße hinaus. Ich wäre doch wirklich neugierig, zu sehen, ob es noch solch einen Narren hier im Neste gäbe, der ihn aufhöbe. Jetzt macht, daß Ihr zu Bett kommt. Es ist ein Uhr vorbei, und mir sind alle Knochen im Leibe schon wie zerschlagen."

Mit diesen Worten zündete er sich einen Stum=
mel Talglicht an, der auf der Commode stand,
nahm seine Mütze wieder aus der Ecke hervor und
verließ langsam, ohne ein gute Nacht weiter für
nöthig zu halten, das Zimmer.

9.

Am nächsten Morgen saß Comtesse Melanie allein in ihrem Boudoir. Rosalie war mit Louisen ausgefahren — sie selber hatte sie nicht begleiten können — oder wollen — und Kopfschmerzen, Unwohlsein vorgeschützt.

Sie war in der That nicht wohl, wenigstens ganz ungewöhnlich aufgeregt und unruhig, und nahm bald ein Buch zur Hand, ein paar Seiten desselben zu durchblättern, bald begann sie an einer angefangenen Zeichnung, bald an einer Stickerei, und schob nach wenigen Minuten Alles wieder bei Seite, sich auf das Sopha zu werfen und ihren eigenen Gedanken nachzuhangen.

So war es zwölf Uhr geworden, als es leise an die Thür klopfte und auf ihr Herein ein Diener eintrat, welcher meldete: der Herr Rittmeister Graf von Geyerstein lasse anfragen, ob er der gnädigen Comtesse seine Aufwartung machen dürfe.

„Graf Geyerstein?" rief Melanie, fast erschreckt von dem Sopha emporfahrend. Die Ueberraschung dauerte aber nur wenige Momente, denn schon im nächsten Augenblicke wieder vollständig gesammelt, sagte sie ruhig: „Es wird mir sehr angenehm sein; führen Sie den Grafen herein."

Wenige Minuten später hörte sie draußen den festen, klirrenden Schritt des Officiers, und der Graf stand in ihrem Zimmer, ehe sie selber sich genug gefaßt hatte, ihn ruhig begrüßen zu können.

„Comtesse," sagte der Rittmeister, sich förmlicher vor ihr verneigend, als er sonst, als alter, gern gesehener Freund des Hauses, gethan, „Ihr Herr Vater trägt die Schuld einer Störung, wenn ich Ihnen eine solche verursacht habe; denn mein Dienst rief mich zu ihm, und da er für den Augenblick noch beschäftigt ist, war er so gütig, mich indeß zu Ihnen herüberzuweisen — ich wäre sonst nicht so früh bei Ihnen erschienen."

Eine rasche freundliche Entgegnung lag schon auf Melanie's Lippen, aber sie zwang sie zurück und sagte artig, aber lange nicht mit der gewohnten Herzlichkeit im Ton und Ausdruck: „Mein Vater weiß recht gut, daß Sie uns immer willkommen sind, auch ohne die Entschuldigung, Herr Graf."

„Aber auch ohne diese Veranlassung hätte ich
Sie heute noch aufgesucht, Comtesse," nahm der
Graf nach einer leisen Verbeugung wieder das
Wort, indem er sich, einer einladenden Handbe=
wegung Melanie's folgend, auf einen Stuhl ihr
gegenüber niederließ, „denn ich wollte mich auf
einige Zeit von Ihnen verabschieden."

„Sie wollen fort von hier?" rief Melanie
schneller und mit weit mehr Theilnahme, als sie
vielleicht zu verrathen Willens war.

„Nur auf kurze Zeit; auf eine, vielleicht auf
einige Wochen; und zwar in Angelegenheiten, die
meine Anwesenheit auf einer meiner Besitzungen
dringend nöthig machen. Ich habe dazu den Ur=
laub vom Fürsten erbeten und erhalten."

Melanie sah zu ihm auf und vermochte keine
Sylbe als Antwort zu finden. Allerlei wunder=
liche, wirre Gedanken kreuzten ihr Hirn. Jetzt
gerade wollte er fort? — jetzt, wo — sie durfte
dem nicht weiter folgen — und so kalt, so förm=
lich nahm er Abschied jetzt — er mußte bemerkt
haben, wie sie Graf Selikoff bevorzugte. — Und
weßhalb nicht? war sie nicht frei, zu thun, zu
lassen, was sie wollte — war sie nicht von ihm,
der da so kalt und eisern vor ihr saß, schändlich,

schmählich betrogen und verrathen worden? —
und wenn nicht?

Auch der Graf schwieg; das Herz war ihm
voll und schwer, und dem kalten, förmlichen Empfang des Wesens gegenüber, das er mehr als
sein eigenes Leben liebte, hatte er sich bezwingen,
hatte er eben so kalt und ruhig von ihr scheiden
wollen — scheiden, vielleicht für ein ganzes Leben,
in dem sie sich von nun an nur als Fremde
wieder begegnen sollten. Als er aber die Bewegung in Melanie's Zügen sah, als ihm nicht ver-
borgen bleiben konnte, daß die Jungfrau, so kalt
und abgemessen sie sich auch gezeigt, doch vielleicht
mehr, ja innigern Antheil an ihm nehme, da
raffte er sich selber auch empor, und mit bewegter
Stimme sagte er: „Comtesse — Melanie — es
ist in letzter Zeit etwas zwischen uns gewesen —
was, weiß nur Gott — was aber nicht sein
sollte."

„Zwischen uns, Herr Graf?" unterbrach ihn,
wie erstaunt, Melanie, die durch die Worte rasch
zu sich selbst gerufen wurde.

„Stoßen Sie mich nicht so ungehört zurück,"
fuhr der Rittmeister, der jetzt einmal das Eis gebrochen hatte, fort. „Womit ich Sie beleidigt
oder gekränkt haben mag, ich weiß es nicht —

wiſſentlich nicht, beim ewigen Gott, und nur ein
Mißverſtändniß kann es deßhalb ſein, was Sie
in dieſen Tagen mir entfremdet hat. Sehen Sie
mich nicht ſo ſtolz an, Melanie, — Sie waren
ſonſt ſo offen, ſo ehrlich gegen mich — oh, laſſen
Sie die Zeit, die liebe, liebe Zeit, nicht ſo mit
einem Schlage abgebrochen ſein. Sagen Sie
mir, was ich gethan, was ich verbrochen habe,
geſtatten Sie mir dann, daß ich mich vertheidige."

„Was Sie gethan, Herr Graf," erwiederte
Melanie, der bei der Erinnerung alles deſſen,
über das ſie Urſache zu haben glaubte — gerechte
Urſache — zu zürnen, das Blut mit voller Macht
in Wange und Schläfe ſtrömte — „ich glaube
nicht, daß es mir zuſteht, Sie über irgend Etwas,
was Sie gethan haben könnten, zur Rede zu
ſtellen. Hätten Sie es für gut gefunden, mich
irgend eines Schrittes wegen, den Sie zu thun
gedachten, um Rath zu fragen, wäre es viel=
leicht etwas Anderes, doch ſo…"

„Oh, weichen Sie mir nicht aus," bat Geyer=
ſtein in herzlichem Tone und von der Gewalt des
Augenblicks hingeriſſen, „Melanie, Sie müſſen
wiſſen, wie mein Herz…"

„Herr Graf — nicht weiter, wenn ich bitten
darf," unterbrach ihn plötzlich mit ernſtem, ſtrengem

Tone die junge Gräfin, indem sie sich zu ihrer vollen Höhe stolz, ja, fast zürnend, emporrichtete. — „Ersparen Sie sich und mir ein Thema, das nur für beide Theile — schmerzlich enden kann."

„Melanie!" rief Geyerstein entsetzt, „was, um aller Heiligen willen..."·

„Sie vergaßen wohl in dem Augenblicke," fuhr die Comtesse fort, und ihre Züge glichen jetzt denen einer Marmorbüste, „das Verhältniß, in dem Sie zu der — Seiltänzertruppe jenes Bertrand stehen? — Sie vergaßen..."

„Großer Gott!" stöhnte der Rittmeister, und bleich, wie das ihm gegenüberstehende schöne Weib, fuhr er von seinem Sitz empor.

„Wie das Geheimniß zu meinen Ohren kam, fuhr Melanie kalt und ruhig fort, bleibt sich gleich, Sie selber bestätigen Alles durch Ihr Schweigen. — Jetzt aber werden Sie doch auch wohl fühlen, daß zwischen uns nicht mehr von den Empfindungen des Herzens die Rede sein kann. Die Tochter des Grafen von Ralphen dünkt sich zu gut..."

„Halten Sie ein, Comtesse!" rief der Graf mit ausgestreckter Hand und fast tonloser Stimme, „sagen Sie nichts weiter! Es ist genug — über genug — und das Wenige selbst — hätte sich vielleicht auf weniger harte Weise sagen lassen — aber es ist geschehen. Sie haben nicht zu fürch= ten, daß ich Ihnen je wieder mit Wort oder Blick nur nahen werde — dennoch bitte ich Sie, in den Augen der Welt..."

„Fürchten Sie nicht, daß ich Ihr Geheimniß miß= brauchen werde," unterbrach ihn Melanie, „wie im= mer die Welt auch wohl dergleichen beurtheilen möchte. Was ich gesprochen, sprach ich nur für mich, und wie ich glaube, war ich das mir und meiner Stellung in der Welt schuldig. Aber ich höre meinen Vater — er wird kommen, um Sie abzurufen."

Der Graf neigte sich ehrerbietig, aber kalt vor ihr — er hatte seine ganze Fassung und Männ= lichkeit wiedergewonnen, und in demselben Augen= blicke auch fast öffnete sich die Thür, in welcher der Kriegs=Minister, schon in Uniform, um gleich nachher zum Fürsten zu fahren, erschien.

„So, mein lieber Geyerstein," sagte er freund= lich, als er dem jungen Manne die Hand ent= gegenstreckte, „jetzt bin ich mit Allem fertig und stehe Ihnen noch auf eine halbe Stunde zu Diensten. Er will uns davonlaufen, Melanie, will hinauf nach Mecklenburg und Hirsche schießen, Güter ein= richten, und Gott weiß, was Alles. Wir werden Sie hier vermissen, Geyerstein, und Rosalie be=

sonders wird untröstlich darüber sein. Wo steckt
denn das Mädchen überhaupt heute Morgen —
wohl wieder ausgefahren? Aber Du siehst so blaß
heute aus, Melanie; fehlt Dir was, mein Kind?"

„Nichts, lieber Vater — nur ein wenig Kopf-
schmerz hatte ich heute, und habe deßhalb Rosalien auch nicht begleitet. Es wird bald vorübergehen."

„Excellenz gestatten mir dann vielleicht, Ihnen
oben in Ihrem Zimmer die Papiere vorzulegen,"
sagte Graf Geyerstein.

„Schön; wenn Sie Alles bei der Hand haben,
desto besser. — Apropos, sind Sie auf heute Mittag schon versagt? Ich möchte Sie gern noch so
lange als möglich bei uns haben."

„Ich muß unendlich bedauern..."

„Machen Sie um Gotteswillen keine Umstände;
Sie sollen nicht im Mindesten genirt sein. Also
kommen Sie. — Adieu, mein liebes Kind; lies
nicht zu viel, das nimmt Dir den Kopf nur noch
mehr ein."

Graf Geyerstein verabschiedete sich bei der
Comtesse mit einer tiefen Verbeugung, und eben
so förmlich dankte ihm die Dame. Der alte Herr
bemerkte das aber nicht; er übersah schon flüchtig
die Papiere, die ihm der Rittmeister eben über-

geben hatte, und mit freundlichem Kopfnicken nur von seiner Tochter Abschied nehmend, verließ er gleich darauf, von dem Grafen gefolgt, das Zimmer.

Melanie blieb, als die beiden Männer die Thür hinter sich geschlossen hatten, noch eine ganze Weile stumm und regungslos stehen. Hatte aber auch ihr stolzer Geist in dem entscheidenden Momente den Sieg über das nur zu schwache Herz davon getragen, jetzt — jetzt vermochte sie nicht mehr. Ein leises Frösteln flog über ihren Körper, sie schwankte zum Sopha, barg das bleiche Antlitz in den Händen und weinte — weinte, als ob ihr das Herz vor unendlichem Weh zerbrechen müsse in der Brust.

Oben, inmitten des schönen mecklenburger Landes, an einem der kleinen reizenden Seen, lag das
nicht unbeträchtliche Rittergut Schildheim, seit un-
denklichen Zeiten schon einem alten mecklenburger
Geschlechte erb- und eigenthümlich. Der Letzte
desselben heirathete eine Comtesse Geyerstein aus
einer Nebenlinie, im nordöstlichen Preußen, und
um sie die Heimat nicht so sehr vermissen zu lassen, wurde damals das alte, durchaus neu restau-
rirte Gut ganz nach preußischer Art eingerichtet;
ja, sogar einen preußischen Verwalter und eine
Wirthschafterin brachte die junge Frau mit dorthin, so wie Leute von ihren eigenen Gütern, und
Schildheim hieß demnach und von der Zeit an
in der Umgegend nur „das preußische Gut."

Der Besitzer starb, und seine Witwe, eine
Großtante Wolf's von Geyerstein, überlebte ihn
noch viele Jahre, und als auch sie in der Fami-

liengruft beigeſetzt wurde, ging das Gut durch
Erbſchaft an Wolf's Mutter über.

Mit den Jahren hatte ſich jetzt dort Vieles
verändert. Die Wirthſchafterin war geſtorben und
eine andere aus dem Lande ſelber angenommen
worden. Dann hatte ein Pachter das Ganze
übernommen, und die preußiſchen, dazu gehörigen
Familien verdingten ſich theils auf anderen Gü=
tern, theils hatten ſie ſich ſelber etwas erſpart
und einen eigenen kleinen Grundbeſitz gekauft.
Nur die Gebäude waren noch die alten und der
Name „das preußiſche Gut" ebenfalls auf dem al=
ten Herrenſitze haften geblieben. Die Leute in
der Nachbarſchaft kannten es faſt unter keiner an=
dern Benennung, und doch verdiente ſie das Gut
ſchon lange nicht mehr.

Von den eigentlichen, dort hinübergezogenen
Preußen lebte in der That nur noch Einer, der
alte Verwalter, ein Mann hoch in die Sechszig, aber
mit noch rüſtigen Kräften, der ſammt den Dienſt=
leuten der ſeligen Beſitzerin, und zwar als Och=
ſenjunge, herübergekommen war und ſich durch
Fleiß und ehrliches Betragen zu ſolchem Ehren=
poſten aufgeſchwungen hatte.

Das eigentliche Inventar aus älteſter Zeit
blieb aber eine andere, höchſt eigenthümliche Per=

sönlichkeit, und das war der alte Forstwart, wie
er dort überall hieß. Dieser, ein origineller Kauz,
aber ein durchaus braver und rechtlicher Mann, hatte
seine Carrière auf dem preußischen Gute von der
Pike auf gemacht — das heißt vom Holzdieb bis
zum Forstwart, wo er halten blieb, und jetzt, in
seinem hohen Alter, eigentlich mehr das Gnaden-
brod aß, als noch wirklichen Nutzen leistete. Dabei hing er an dem alten Platz, besonders an
seinem Walde — denn um die Menschen bekümmerte er sich wenig oder gar nicht — mit einer
Zuneigung, die man in dem sonst so abgeschlosse-
nen und selbst scheuen Gesellen gar nicht gesucht
haben würde.

Der Förster war allerdings sein Vorgesetzter,
aber er bekümmerte sich wenig um ihn und that
seine Pflicht, ohne ihn viel damit zu belästigen.
Jener war auch gern damit zufrieden, wenn er
nur den Holzfrevlern ein wenig auf die Finger
sah und im Winter dem Raubzeug Fallen stellte,
und zu beiden Beschäftigungen ließ sich Niemand
besser verwenden, als der alte, für seine Jahre
aber noch außerordentlich rüstige Forstwart Barthold. Die Holzfrevler fürchteten nämlich den alten Mann weit mehr und gingen ihm weit sorg-
fältiger aus dem Wege, als wenn er der jüngste

und kräftigste Forstgehülfe gewesen wäre, denn sie
glaubten: er könne mehr als Brod essen, d. h. er
stände mit verschiedenen über= und unterirdischen
Mächten im Bunde, was sich mit dem Seelenheil
eines gewöhnlichen Christen nicht vertrug. Ging
er doch auch in keine Kirche, und man erzählte
sich von ihm im Dorfe die tollsten und aben=
teuerlichsten Geschichten — und doch gab es kaum
ein harmloseres Wesen in der weiten Umgegend,
als eben diesen braven alten Forstwart.

Nur dem Raubzeug im Walde, den Füchsen,
Mardern, Wieseln, Iltissen und wilden Katzen
war er ein grimmer und schlauer Feind, weil sie
Sicherheit und Leben seiner lieben Waldsänger
— der Vögel — bedrohten.

Etwa zehn Minuten Weges — oder eine halbe
Pfeife Tabak, wie die Bauern manchmal ihre
Wege messen — von dem Rittergut Schildheim
entfernt, und dicht am Ufer des kleinen, schilf=
bewachsenen See's, lag ein sehr freundliches Dorf
gleichen Namens mit einigen wohlhabenden Bauern,
wie auch von den Arbeitern bewohnt, die auf
dem Gute ihre Nahrung fanden. Dort war eben
Kirchweih abgehalten worden, und die Bauern
und Insassen feierten jetzt noch — gewissermaßen
zur Erholung von den überstandenen Festlichkei=

ten — die Nachkirchweihe in einer Art von ver=
längertem blauem Montag. Die Köpfe wüst von
vielem Tanzen und Trinken und den verschiedenen
durchschwärmten Nächten, hatten sie noch keine
rechte Lust, wieder zu ihrer regelmäßigen steten
Arbeit zurückzukehren, und glaubten die Zeit denn
natürlich nicht besser anwenden zu können, als
wenn sie das früher begonnene Zechen ein klein
wenig länger fortsetzten. Der arbeitsame Bauer
ist schwer aus seiner allgewohnten täglichen Be=
schäftigung herauszubringen; wenn aber einmal
draußen, bekommt er sich selber auch nur äußerst
schwer wieder hinein. — Er weiß das selber da=
bei recht gut und läßt sich deßhalb eben Zeit dazu.

Im Dorfe war ein ziemlich großes Wirths=
haus Zum Stern; denn die Chaussee führte
um den See herum und wurde besonders stark
von Fuhrleuten befahren, welche die Landespro=
dukte früher bis an die See nach Wismar, seit
Errichtung der Eisenbahn aber, mit noch viel le=
bendigerem Verkehr, nach der nächsten, etwa sechs
Meilen entfernten Eisenbahn = Station schafften.
Der Stern bildete denn auch jetzt den Mittel=
punkt, in welchem die Honoratioren des Ortes
zusammenkamen, bei Wein oder Bier die Nach=
wehen der überstandenen frohen Tage zu vertrei=

ben, und selbst der alte Verwalter vom Schloß,
eigentlich kein Wirthshausgänger, war heute un=
ter ihnen und saß mit einem Glase Wein vor sich
am runden Tische in der untern Stube — denn
kaltes, unfreundliches Wetter hatte die Gäste in
das Innere des Hauses getrieben.

Der alte Verwalter war aber eigentlich nicht
blos um zu trinken heruntergekommen, sondern
er brauchte Leute aus dem Dorfe zur Arbeit, und
wußte, wie schwer es hielt, sie selbst von der Nach=
kirchweihe fortzulocken. So willig sie sich sonst
auch finden ließen, heute wichen sie ihm aus, und
der alte Mann, der nicht hinter ihnen her lau=
fen konnte, hatte sich deßhalb hier wie die Spinne
mitten in das Netz gesetzt, wo sie ihm, wie er recht
gut wußte, doch zuletzt anlaufen mußten.

Neben ihm, in einander gedrückt und schläfrig,
saß ein anderer alter Gesell, der faule Tobias,
wie sie ihn im Dorfe nannten. Er sah fast wie
ein Müller aus, mit seinem hellblauen, weiß be=
staubten Rock, war auch früher ein Müller und
noch dazu ein ganz tüchtiger gewesen, und wohnte
in der untern Mühle, aber nur zum Aus=
zug. Er hatte vor längeren Jahren Mühle wie
Anwesen an seinen Schwiegersohn verkauft und
sich nur, wie das häufig Sitte ist, seinen Auszug,

d. h. Wohnung und Verpflegung bis zum Tode,
vorbehalten, dann das Geld genommen und lustig
damit gelebt, und jetzt hieß es allgemein, daß er
wohl bald mit der erhaltenen Summe fertig sein
müsse.

Das aber kümmerte ihn gar wenig. Ohne die
geringste Beschäftigung war er den Vor= wie Nach=
mittag sicher im Stern zu treffen. Nur an war=
men Tagen ging er manchmal mit der Angel an
den Bach, aber er war selbst zu faul, Würmer
zu suchen, besteckte seine Angel deßhalb nur, legte
sie in's Wasser und sich daneben in den Schatten
irgend eines Baumes und schlief so lange, bis
er durstig wurde. Dann stand er auf, packte sein
Angelzeug zusammen und ging wieder in den
Stern, und die Leute im Orte nannten ihn so mit
Recht nur den faulen Tobias.

Daß der Bursche nicht zum Arbeiten zu brin=
gen war, selbst wenn er noch hätte arbeiten kön=
nen, wußte der Verwalter recht gut, richtete deß=
halb auch kein Wort an ihn, und die Beiden saßen
eine Weile schweigend neben einander, wobei To=
bias manchmal mit den rothgeränderten und feuch=
ten Augen nach ihm hinüberblinkte, und sich nur
bewegte, wenn er sein Glas hob oder es von
Frischem füllen ließ.

„Na," nahm da endlich Tobias das Gespräch auf, denn es verdroß ihn, daß ihn der Verwalter keines Wortes würdigte, „wird ja jetzt bald ein anderes Leben in dem alten Schlosse werden, he? — kommt heute ein neuer Pachter hinein, der wahrscheinlich einmal ein Bißchen reine Bahn macht."

„Möglich," sagte Schönle, der Verwalter trocken. — „Euch wird er aber doch wohl nicht ändern können."

„Mich? — ne — wäre auch schade," lachte Tobias stillvergnügt vor sich hin, denn er wußte jetzt, daß er den Verwalter geärgert hatte, „bin so hübsch genug, und muß nun auch so bis an mein Ende — das Gott der Herr mir und meinem Schwiegersohne zu Liebe wohl noch ein paar Jährchen hinausschieben wird — aufgebraucht werden; hehehe!"

Der Verwalter antwortete ihm nichts darauf, trank einen Schluck aus seinem Glas, und sah ungeduldig nach der Thür. Die Gesellschaft gefiel ihm nicht, und er wäre gern aufgestanden, hätte er nur irgend wo anders einen passenden Platz gehabt. Der Alte merkte dies recht wohl, aber noch viel zudringlicher fuhr er fort: „Es hieß ja einmal hier eine Weile im Orte, der Herr Verwal-

ter würden den Pacht selber übernehmen, he?
Der gnädige Herr da draußen hat aber wohl nichts
davon wissen wollen? — Ja — ist eine alte Ge=
schichte: der Prophet gilt nichts im eigenen Lande;
hehehe!"

Damit hatte er übrigens, wie er recht gut
wußte, des Verwalters wundesten Fleck getroffen.
Der alte Mann stand auch auf, trank sein Glas
aus und sagte: „Ihr seid ein unverbesserlicher
Schwätzer, Tobias, und ein so nutzloses Subjekt,
wie je auf zwei Beinen herumgetaumelt ist. —
Wenn Ihr einmal nüchtern seid, will ich weiter
mit Euch reden." Und damit wollte er sich von
dem höhnisch zu ihm aufschauenden Alten abbrechen,
als die Thür aufgerissen wurde und einer der
Gutsknechte athemlos hereingestürzt kam.

„Sie sind da — sie sind da!" schrie der
Bursche, ohne nur zu grüßen, den Verwalter an,
„eben fahren sie die Allee hinauf — zwei Wagen
hintereinander!"

„Alle Wetter!" rief der Verwalter erschreckt,
„und ich sitze hier und verschwatze die Zeit mit
dem — Lump da!" Und ohne weiter einen Blick zu=
rückzuwerfen, fuhr er aus der Thür, sprang auf
sein draußen angebundenes Pferd, das der Knecht
rasch von dem eisernen Ringe löste, und sprengte,

was dieses laufen konnte, den breiten Fuhrweg
hin, der auch dem Schlosse hinaufführte.

Der alte Tobias sah ihm tückisch nach. „Lump?“
brummte er leise und grimmig vor sich hin; „na
warte Alter, den Lump werde ich Dir gedenken,
preußischer Dickkopf, der sich immer aus was Bes=
serem gemacht denkt! — Verwalter=Hacke, auf
eine Ochsenjungen=Peitsche gepfropft — wenn ich
die Zeit nur noch erlebe, daß sie Dich vom Hofe
jagen. — Lump! — selber einer — und mit den
giftig herausgestoßenen Worten goß er den letzten
Rest seines Krugs herunter.

Oben im Schlosse ging es indessen lebhaft zu,
denn mit Blitzesschnelle hatte sich die Nachricht
von dem Eintreffen des Gutsherrn wie des neuen
Pachters, die eigentlich erst auf morgen angesagt
waren, verbreitet. Die Leute sammelten sich rasch
im Schloßhofe, und eben, als die Wagen über die
etwas morsche Brücke des sogenannten Teichgra=
bens rasselten, sprengte auch schon der Verwalter
von der andern Seite vor das Herrenhaus und
behielt gerade noch Zeit, sein Pferd einem der
Knechte zu übergeben und sich selber dem Pachter
anzuschließen, die Herrschaft zu empfangen.

Die Wirthschafterin war allein nicht fertig ge=
worden und in ihre Kammer hinaufgesprungen,

wo sie in aller Hast und Eile den Schlüssel suchte, den sie schon von Anfang an in der Hand hielt, eine reine Schürze vorzubinden und eine frische Haube aufzusetzen.

Die beiden Wagen hielten jetzt vor dem Herrenhause, der alte Verwalter sah aber kaum die beiden Herren und die elegant gekleidete Dame, die aus dem ersten stiegen und von dem Pachter auf das Ehrfurchtsvollste begrüßt wurden. Sein Auge hing vielmehr an dem zweiten, in dem ein ältlicher Mann mit zwei Kindern saß. Hatte der neue Pachter sich seinen Verwalter gleich mitgebracht, und konnte er jetzt gehen, sich auf seine alten Tage sein Brod wo anders in der Welt zu suchen? Den alten Mann überlief es siedend heiß; ein eigenes Zittern überkam ihn, und die fremden Gestalten flimmerten und zuckten ihm vor den Augen, daß er kaum im Stande war, sie von einander zu unterscheiden.

Nur Einen von ihnen Allen kannte er schon, den Herrn Rittmeister von Geyerstein, der zuerst aus dem Wagen gesprungen war und der Dame jetzt die Hand bot, ihr beim Aussteigen behülflich zu sein. Wie behend aber gerade die Dame von dem ziemlich hohen Wagentritt, nur leise die ihr gebotene Hand berührend, niedersprang! Der Pachter kam dadurch

mit der Anrede ganz aus seinem Concept, und
der Rittmeister hatte seine Hand genommen und
geschüttelt, ehe er im Stande gewesen war, ihn
zu begrüßen.

Auch die Insassen des zweiten Wagens stiegen
jetzt aus, und das kleine Mädchen hatte zum Ent=
setzen der Mägde ebenfalls von oben herunter=
springen wollen; aber der ältliche Mann, der bei
ihnen saß, verhinderte sie daran, ließ erst den
Wagenschlag öffnen und stieg dann langsam mit
den Kindern aus.

„Da sind wir denn an Ort und Stelle,“ sagte
jetzt Graf Geyerstein, sich freundlich zu seinem Be=
gleiter wendend, und ich hoffe, daß es Ihnen hier
recht gut gefallen wird. Die Gegend ist fruchtbar
und nicht ohne landschaftliche Reize, der hier woh=
nende Menschenstamm einfach und bieder, und
einzelne der Nachbarn sind vortreffliche Leute, so
daß es sich hier im Nothfalle schon leben läßt.
Unser alter Pachter hat sich hier, so viel ich weiß,
ganz wohl befunden.“

„Und würde den Platz im Leben nicht ver=
lassen haben, Herr Graf,“ sagte der Mann, „wenn
nicht außergewöhnliche Umstände, wie Sie recht
gut wissen, mich dazu genöthigt hätten. Ich habe
hier eine frohe und glückliche Zeit verlebt und viel

Gutes genossen, und müßte ein schmählich un=
dankbarer Mensch sein, wenn ich das läugnen
oder auch nur verheimlichen wollte."

„Der Platz sieht nicht übel, und das Gut
reinlich und freundlich aus," bemerkte jetzt auch
die Dame, die ein dunkles Reisekleid trug; „nur
die Nachbarn scheinen mir ein etwas weitläu=
figer Begriff."

„Wir haben es vor der Hand auch nicht mit
den Nachbarn, sondern mit uns selber zu thun,"
bemerkte rasch der Fremde, „und werden allen Fleiß
darauf zu wenden haben, uns tüchtig einzuarbeiten."

„Und darin wird Sie hoffentlich mein alter
Verwalter hier nach Kräften unterstützen. Wie geht's,
Schönle?" mit diesen Worten wandte sich der Graf
plötzlich an den alten Mann und reichte ihm die
Hand. „Noch immer frisch und kräftig bei der
Arbeit? — Ich bringe Euch hier den neuen Pach=
ter vom Gute, und bitte Euch, nachher einmal auf
mein Zimmer zu kommen. Ich habe Manches
mit Euch über die neue Einrichtung zu besprechen."

„Gnädigster Herr Graf, Erlaucht," stammelte
der alte Mann, und die freundliche Anrede hatte
ihm eine Centnerlast von der Brust gewälzt. —
„Sie können gar nicht glauben, schon lange dar=
auf gefreut — heidenglücklich."

„Schon gut, Alter, schon gut," nickte ihm der Rittmeister freundlich zu und fuhr dann, zu seinem Begleiter gewandt, fort: „Das ist ein altes Inventarium des Gutes, das wir in Ehren halten müssen. Der Mann kennt jeden Stein und Baum umher, versteht seine Sache und ist brav und ehrlich. Ich hoffe, Ihr sollt gute Freunde mitsammen werden. Gott grüß' Euch, Ihr Leute — aber ich denke, wir gehen hinauf. Die gnädige Frau wird sich umziehen wollen, zum Diner bereit zu sein. Schönle, führen Sie die Herrschaften in die für sie bestimmten Zimmer. Es ist doch Alles in Ordnung gebracht?"

„Alles, Herr Graf," versicherte der Pachter, „obgleich wir Sie eigentlich erst auf morgen erwarteten. — Voigt, sorgt Ihr dafür, daß die Sachen augenblicklich hinaufgetragen werden."

Die Leute hatten sich bei dem an sie gerichteten freundlichen Gruße des Herrn herzugedrängt und warfen sich jetzt in einem wahren Feuereifer auf die verschiedenen Koffer und Hutschachteln, da Jedes von ihnen wenigstens einen Theil des Gepäckes tragen und sich dabei dienstfertig beweisen wollte. War doch ihr junger Herr von Allen recht von Herzen geliebt und der Tag immer

ein Freudenfest, wo er einmal — was freilich sel=
ten genug geschah — unter ihnen erschien.

Wie die Fremden aber im Schloſſe verschwan=
den und das Gepäck an Ort und Stelle abgelie=
fert war, blieben sie auch den Blicken der Dienst=
leute für diesen Tag entzogen, und die Knechte
und Mägde hatten nun Raum, Abends in der
Gesindestube ihre Ansichten über den neuen Pach=
ter und seine Begleitung auszutauschen.

Das geschah denn auch ohne Rückhalt, und
der gemeine Mann hat da oft, was das erste Ur=
theil über eine neue Erscheinung betrifft, einen
weit schärfern Blick und gesundern Takt, als
man ihm gewöhnlich zutraut.

Selbst der Voigt, eine Art Unter=Verwalter
auf dem Gute, eigentlich aber nur der erste Knecht
mit dem Titel Voigt, schien heute das Bedürfniß
gefühlt zu haben, dem übrigen Gesinde, von dem
er sich sonst gern etwas abgesondert hielt, seine
Meinung über die neue Pachterfamilie mitzuthei=
len, und stand an dem Ofen, neben dem die Milch=
magd eben einige ausgewaschene Gefäße zum
Trocknen aufgestellt hatte, indem er an seiner
Pfeife arbeitete, sie wieder in Gang zu bringen.
— Er wartete augenscheinlich, von den Uebrigen

als Autorität zuerst angeredet zu werden, und
hatte sich darin denn auch nicht getäuscht.

„Na, Voigt,“ sagte der erste Schafknecht oder
Schäfer, der oben am Tische saß und, während
die Mägde die abgegessenen Schüsseln wieder
hinaustrugen, sein Rauchzeug ebenfalls hervor=
holte, „da haben wir ja den neuen Pachter warm
aus der Stadt heraus. Wie gefällt er Euch?“

„Gut,“ sagte der Voigt, einen langen Span=
Fibibus an die kurze Pfeife haltend. „Er hat
etwas Respektirliches im Aussehen; beinahe so, wie
unser gnädiger Herr selber, wenn er auch mit dem
großen Bart ein Bißchen wild drein schaut.“

„Uns auch“ meinte der andere Knecht, „und
Donnerwetter, wie die Madame, die neue Päch=
terin, springen konnte! Die möcht' ich einmal auf
dem Tanzboden sehen; die muß nicht schlecht flie=
gen können.“

„Wer war nur der Alte, der in dem zweiten
Wagen bei den Kindern saß?“ meinte der Schä=
fer; „das ist ein wunderlicher Kauz. Ueber das
Gesicht zuckte es ihm immer wie tausend Falten,
als ob's ihn an der Nase juckte und er sich nicht
kratzen dürfte.“

„Hm,“ meinte der Voigt, „ich denke mir, das
wird wohl der Lehrer von den beiden Kindern

fein, den sie sich mitgebracht haben. Erst hielt ich ihn für einen neuen Verwalter, aber wie ein Oeskonom sieht er mir doch nicht aus, und der Alte bleibt ja auch, das hat ihm der gnädige Herr gleich versichert."

„Aber der gnädige Herr sieht recht bleich und abgemagert aus," sagte die Groß=Magd, „er muß gewiß krank gewesen sein. Er war auch so ernst und still; gar nicht so fröhlich, wie das letzte Mal, wo er hier war."

„Das macht die Stadtluft," meinte der Voigt; „in dem vielen Steinkohlenqualm und Dampf könsnen die Menschen natürlich nicht so gesund sein, wie hier draußen bei uns in der frischen Luft. Wo soll's denn herkommen?"

„Ach was!" sagte die Magd, „das ist kein Steinkohlendampf, was dem gnädigen Herrn auf dem Gesichte liegt, das ist was Anderes, viel Schwereres, und ich will ihm zu Gott wünschen, daß er kein geheimes Herzeleid zu tragen hat."

„Herzeleid!" lachte der Pferdejunge, der sich hinter den Ofen auf die Bank gedrückt hatte, und erst vor ein paar Monaten hier angezogen war — überhaupt ein etwas naseweiser Gesell — „wo soll Derlei Herzleid herkriegen! Das hat Geld genug, und mit dem Geld kauf' ich dem Teufel sein Ohr ab, in der Welt."

„Du Gelbschnabel weißt wohl auch schon, wie es in der Welt aussieht, sagte die Groß=Magd, ihn verächtlich über die Achsel ansehend, daß solche — Nasen, die noch nicht einmal hinter den Ohren trocken sind, auch schon mitreden wollen!"

„Nu, nu," sagte der Pferdejunge, „beiß mich nur nicht, Kathrine!" Das Mädchen antwortete ihm aber gar nicht mehr, und der Voigt meinte:

„Die kleine Deren ist ein fixes Ding, drall und nett, und hält sich wie ein Grenadier — der Junge scheint's mir aber hinter den Ohren zu ha= ben. Wie er den Jahn mit seinen weiten Hosen sah, stieß er heimlich den Alten an, und der, wenn er auch keine Miene verzog, sah doch aus, als ob er sich innerlich ausschüttete — der Junge aber lachte laut heraus."

„Na, ich möchte wissen, was sie an mir zu la= chen fänden," brummte Jahn, der Schafknecht.

„Die Madame sieht aber nicht aus, als ob sie Butter und Käse machen könnte," meinte die Mittelmagd, ein junges dralles Ding, „sie trug auch so neumodische Handschuh an den Händen, und mit der weißen Haut wird sie wohl noch keine

Garben mitgebunden haben. Das scheinen vor=
nehme Leut' zu sein, die neuen Pachters."

„Ja," meinte der Voigt, „jetzt wird Alles in
den Schulen und Instituten aus lauter Büchern
gelehrt: das Melken und Käsemachen, und das
Ackern und Eggen, mit dem Pferdeputzen in den
Kauf, und das haben sie denn Alles da drin mit
Bildern hübsch aufgezeichnet, und können es nur
so am Schnürchen hersagen. Den Mist lassen
sie ja sogar aus Amerika kommen. Wie's aber nach=
her um die Wirthschaft aussieht, das ist eine an=
dere Sache, und da verexperimentiren sie denn
gewöhnlich die ganze Blase, und unser einer muß
nachher mit den Fäusten wieder drein spingen und
gut machen, was die klugen Leute Alles verdor=
ben haben."

„Wo war denn der Schafmeister heute, wie
die Herrschaft kam?" fragte jetzt der eine Knecht,
„der fehlt doch sonst gewöhnlich nicht bei solcher
Gelegenheit."

„Ich weiß nicht," meinte der Schafknecht,
„drunten im Ort — vielleicht..."

„Der wird wieder schön um die neue Herr=
schaft herumscherwenzeln," meinte der Voigt „aber
ich passe ihm diesmal auf die Finger, darauf kann
er sich verlassen."

„Wenn Ihr nur immer was auf den Schaf=
meister zu hacken habt!" brummte Jahn, „der ist
lange gut."

„Aber wozu?" fragte der Voigt, und die An=
dern lachten. „Wo es was zu horchen und zu
spioniren giebt, ja," fuhr der Voigt fort, „irgend
was der Herrschaft zu rapportiren, oder andere
Menschen..."

„Jahn," sagte in dem Augenblick der Schaf=
meister, der seinen Kopf zur Thür hereinsteckte,
„sieh nach den Schafen, ehe es dunkel wird —
und Ihr, Voigt, habt wohl auch weiter nichts zu
thun, als hier zu schwatzen?" Und damit schloß
sich die Thür wieder, hinter welcher der Schaf=
meister wie eine Erscheinung verschwand.

Im ersten Moment herrschte in der Gesinde=
stube Todtenstille — nur der Pferdejunge hinter
dem Ofen kicherte leise vor sich hin — dann aber
fuhr der in seiner Würde gekränkte Voigt empor
und rief — aber doch noch immer mit etwas ge=
dämpfter Stimme: „So? — ich denke wohl, ich
werde selber wissen, was ich zu thun habe, ohne
daß ich einen Schafmeister brauche, der es mir
erzählt. Gewisse Leute mögen überhaupt nur den=
ken, daß ihre Herrschaft jetzt aus und vorbei ist,

13*

und die Kriecherei hoffentlich nichts mehr hilft, wie
vormalen."

Damit aber, als ob er jetzt Alles gethan hätte,
die Achtung vor seiner Stellung aufrecht zu er=
halten, schob er seine Pfeife in die Brusttasche,
griff seinen Hut auf, und sich zum Gehen wen=
dend, fuhr er noch einmal die Knechte an: „Und
Ihr braucht auch nicht hier bei hellem lichtem Tage
schon dazusitzen und Maulaffen feil zu halten.
Der Verwalter wird gleich wieder unten sein,
und wer dann die ewigen Nasen kriegt, das bin
ich!" Und mit den Worten fuhr er zur Thür
hinaus, seinen Aerger womöglich draußen an den
Dreschern und Tagelöhnern auszulassen.

11.

An diesem Abend ließ sich die Herrschaft nicht mehr blicken, das Diner wurde oben gemeinschaftlich genommen, und dann hatte Graf Geyerstein den ganzen Abend mit seinem Pachter zu rechnen und zu revidiren, um nur die nöthigsten Vorarbeiten für die auf die nächsten Tage festgesetzte Uebergabe des Inventars 2c. zu beseitigen.

Es war zwölf Uhr vorbei, ehe die beiden Männer zu Bett kamen.

Am nächsten Morgen, früh um acht Uhr, standen schon zwei Pferde gesattelt vor dem Schlosse, und Graf Geyerstein ritt gleich darauf mit dem neuen Pachter über die Brücke hinüber und schlug den Weg nach dem Walde ein. Die Mägde, die draußen Runkelrüben ausmachten, richteten sich auf und sahen ihnen nach, so weit sie konnten; die beiden Männer saßen gar so fest und herrlich im Sattel, und die Thiere schienen zu wissen, was

für tüchtige Reiter sie trugen, denn sie wieherten
fröhlich der frischen Morgenluft entgegen und flo=
gen mit den kräftigen Gliedern nur so hin über
den weichen Rasen.

Die Reiter hatten in der That ihren Pferden
im Anfang den Zügel gelassen, daß sie nach Ge=
fallen eine Strecke ausholen konnten. Aber vom
Gute weiter entfernt, und als sie jetzt vom See
ab, dem etwa eine Viertelstunde entfernten Holz
zubogen, zügelte Graf Geyerstein zuerst sein Thier
ein, ritt dann bis dicht an die Holzung, deren
mächtige Eichen ihre Riesenarme über sie ausspann=
ten, und wandte hier den Kopf seines Pferdes
der Richtung zu, von der sie hergekommen waren.
Einen bessern Fleck zu einem Ueberblick der gan=
zen Nachbarschaft hätte er auch nicht wählen kön=
nen, und ein reizendes landschaftliches Bild lag
vor ihnen ausgebreitet.

Rechts hob sich, von einer Masse Fruchtbäume
dicht umdrängt und von einer Reihe hoher ita=
lienischer Pappeln überragt, das Gut empor, des=
sen rothe Dächer gar freundlich aus dem dunkeln
Grün der Bäume hervorschauten. Gerade voraus
spannte sich die, in der Morgensonne blitzende
und funkelnde Fläche des See's, und zur Linken
längs dem schilfigen Ufer desselben hingebaut, lag

das kleine freundliche Dörfchen Schildheim, von
gelben Stoppelfeldern und braunen Sturzäckern
dicht und reich umgeben. Berge konnte das Land
freilich nicht aufweisen, einzelne wellenförmige Er=
höhungen und Hügelketten ausgenommen, aber
heute hatten die Wolken einen Hintergrund ge=
liefert, und im Süd=Osten hoben sich, wie kühne
Alpenjoche, hohe milchweiße Massen jach empor,
die ganze Landschaft wie in einen Rahmen schließend.

„Siehst Du, Georg," sagte der Rittmeister,
seine Hand hinüber auf des Bruders Arm legend,
„es ist ein schönes, freundliches Land, in das ich
Dich geführt, und geht Deine Erinnerung weit
genug zurück, so mußt Du sogar in dieser noch
einen Anhalt finden. Als Kinder haben wir die
alte Großtante hier einmal besucht — bald nach=
her, als der Onkel gestorben war — und sind
auf dem See dort gefahren, wie durch den Wald
hier mit demselben alten Forstwart gezogen, der
selbst jetzt noch am Leben ist, und den wir wahr=
scheinlich heute Morgen sehen werden."

„Und wie soll ich Dir je danken, Wolf, daß
Du mich eben hieher geführt?" rief Georg, wäh=
rend eine Thräne in seinem männlichen Auge
zitterte — „wie soll ich je..."

„Laß das, Georg," unterbrach ihn freundlich

der Bruder, „glaube mir, dieser Augenblick wiegt
— alles Andere auf, was mich je betroffen haben
könnte, so glücklich, so selig macht er mich selber.
Ich weiß Dich aus einem Leben gerettet, das
Deiner unwürdig war, in dem Du hättest unter=
gehen müssen; ich sehe für unsere Mutter einen
unverhofften und deßhalb so viel reichern Segen
an Glück herniederthauen, ich weiß Dich froh und
für Deine Zukunft gesichert, und wenn das We=
nige, was ich gethan, wirklich einen Lohn ver=
dient, so finde ich ihn tausendfach in d e m Gefühl."

„Mein guter, braver Wolf!" sagte Georg, des
Bruders Hand fassend und herzlich drückend.

„Komm jetzt," rief Wolf fröhlich, „laß uns
absteigen und zu Fuß in den Wald gehen. Dort
drüben sehe ich einen der Holzmacher, dem wir
unsere Thiere übergeben können. Ich selber gehe
dann mit Dir den Fußpfad durch das Holz."

Ohne eine Antwort abzuwarten, sprengte er
auch, von dem Bruder gefolgt, am Holzrande hin,
auf einen einzelnen, dort mit Anzeichnen von
Bäumen beschäftigten Arbeiter zu. Diesem wur=
den die Pferde mit dem Befehl übergeben, sie zum
Försterhause zu führen, und die beiden Brüder
verschwanden gleich darauf in dem Schatten des
wunderschönen Waldes.

Kaum aber im Dickicht drin, als Wolf auch den Arm des Bruders in den seinen zog und mit herzlicher Stimme sagte: „Oh, Georg, wie habe ich mich nach diesem Augenblicke gesehnt, wieder so einmal mit Dir Arm in Arm durch den Wald zu ziehen, wieder einmal der alten Zeiten geden= ken zu können und Mensch — Kind zu sein! Ach, es war doch eine schöne, liebe Zeit, da wir noch als Knaben hier zusammenspielten, den alten Forst= wart neckten und in die Bäume hinaufkletterten, dem Sperber in's Nest zu schauen!"

„Und sehnst auch Du Dich nach der alten Zeit zurück, Wolf?" fragte der Bruder. „Du könntest doch jetzt glücklich sein, aber mir selber ist es schon so vorgekommen, als ob ein geheimer Schmerz an Deiner Seele nage. Darf ich ihn wissen? — kann ich vielleicht mit meinem Rath Dir helfen? denn wenn nichts weiter in der Welt, Erfahrung habe ich in reichem, vollem Maße gesammelt. — Oder drückt nur die Sorge um mich Dich so schwer zu Boden? Dann sei guten Muthes. Ich werde Dir beweisen, was der feste Wille eines Mannes vermag."

„Wirst Du das in der That, Georg?" rief Wolf bewegt, „dann machst Du mich wirklich glücklich — und Dich zugleich mit. Wie es scheint, hast Du aber harte Kämpfe mit Deiner Frau gehabt. Wir waren noch nicht einmal im Stande, darüber zu sprechen."

„Allerdings," seufzte Georg, „und eigentlich bewog ich sie nur dadurch, mir zu folgen, daß ich darauf bestand, wie Du mir gerathen, mein Recht auf das Kind geltend zu machen. Sie wollte sich nicht von Josephinen trennen. Ich fürchte auch, es wird sehr schwer halten, sie hier heimisch zu machen."

„Glaube das nicht," sagte Wolf; „die Haupt= sache war, sie jenem aufregenden wilden Reiter= leben erst einmal zu entrücken, und aus dessen Bereich, wird sie es bald vergessen lernen."

„Ich fürchte, das wird n i c h t der Fall sein."

„Georgine ist eine durchaus gescheidte Frau," sagte der Rittmeister, „und ich zweifle gar nicht, daß sie bald selber begreifen und einsehen wird, wie ihre Stellung im gesellschaftlichen Leben doch hier eine ganz andere ist, als früher, da sie sich für Geld im Circus zeigte. Schon der genauere Umgang mit der bessern Gesellschaft, von dem sie ja bis jetzt ausgeschlossen war, wird sie erst über ihre frühere Stellung im Leben aufklä= ren, und einmal das gewonnen, kann sie nicht daran denken, je zu einem solchen Dasein zurück= zukehren."

„Aber das Kind, auf das sie ihre ganze Hoff=
nung, ihren ganzen Stolz setzt!"

„Gerade das Kind wird zuletzt das Band
werden," versicherte der Bruder, „das sie nur fester
und inniger an das neue Leben kettet. Sie wird
einsehen lernen, daß sie für ihre Tochter ein
glücklicheres Loos erwarten darf, als sie bis dahin
für möglich hielt, und gerade ihr, bis jetzt in eine
falsche Bahn geworfener Stolz wird und muß
sie dem richtigen Wege entgegenlenken. Das
aber, mein Georg, überlasse der Zeit, die wird
dabei das Meiste wirken, und arbeite Du selber
Dich nur wacker in den neuen Stand hinein.
Die Frau macht mir, da wir sie einmal so weit
haben, keine Sorgen mehr. Eines nur, was mich
eher beunruhigt, ist, wie sich der Vater Deiner Frau
und — der Knabe in dieses geregelte, ja steif
bürgerliche Leben finden werden. Die Beiden
mußt Du streng überwachen und darfst sie nicht
aus den Augen lassen."

„Für den Alten ist nichts zu besorgen," sagte
Georg, „er hat sogar der Tochter von Anfang an zuge=
redet, sich meinem Wunsche zu fügen, und ziemlich
bei Jahren schon, fühlt er sich sehr zufrieden und
glücklich, seine Zukunft gesichert zu sehen. Das
Beispiel, das er an Vielen seines Standes im

Alter vor Augen gehabt, mag ihn gewitzigt haben,
und ich kann mich, wie ich glaube, fest auf ihn
verlassen. Nicht so sicher ist mir der junge Bur=
sche, der Sohn seines einst verunglückten Bruders,
von dem er sich aber unter keiner Bedingung tren=
nen wollte. Es ist das der einzige weiche Zug
in seinem sonst ziemlich schroffen Charakter: die
Anhänglichkeit an den Knaben, und wenn ich
selber im Anfange auch dagegen war, daß er uns
begleiten sollte, sah ich mich endlich doch genö=
thigt, nachzugeben. Außerdem hat der Alte mir
fest versprochen, ihn im Zaume zu halten, und
einmal mit dem frühern Leben gebrochen, wollte
ich die, welche doch nun einmal meine Verwand=
ten sind, auch nicht länger dabei wissen. Ich sel=
ber hätte sonst nie Ruhe gehabt und immer fürch=
ten müssen, daß sie mir — selbst in späterer Zeit
— noch einmal Schimpf und Schande gebracht."

„Du hast recht," sagte Wolf, „es ist besser,
viel besser so, und für den Knaben wird sich,
wenn er etwas Ordentliches gelernt hat, auch wohl
schon eine Stellung finden lassen. Wir müssen
aber vorsichtig mit ihm zu Werke gehen, daß er
das alte Leben erst vergißt und selber Freude am
Lernen findet. In Schildheim ist übrigens ein
tüchtiger Lehrer, und es wird Deine Sorge sein,

ihn nach und nach heranzubilden und zu ziehen, damit das wilde Leben nicht wieder zum Ausbruche kommt, das doch wohl noch in ihm steckt. — Aber dort liegt das Forsthaus, Georg; erinnerst Du Dich noch des alten, mit Hirschgeweihen reich geschmückten Hauses, mit seinem spitzen Giebel und den Sprüchen über der Thür?"

„Jetzt, da es vor mir liegt," sagte Georg, „taucht es, wie aus alten Zeiten, vor meiner innern Seele auf, und mir ist, als ob mich ein Mann mit einem krausen Bart und einem grünen Rocke dort über den Plan trüge und mich auf seinem Rücken unter jener Linde reiten ließe."

„Das war der Forstwart!" rief Wolf, „derselbe Bursche, der dort, mit eisgrauem Haare jetzt, unter dem nämlichen Baume sitzt und den Schwanenhals scheuert, im Winter Füchse oder anderes Raubzeug damit zu fangen. Der Alte wird Dich aber nicht mehr wiedererkennen, und das ist auch ganz gut so, denn unter Deinem rechten Namen darfst und willst Du ja noch nicht erscheinen. Betrachte ihn für jetzt deßhalb nur als eine Reliquie aus der Jugendzeit, denn nur als solche ist er noch auf dem Posten, dem er, seines Alters und seiner wunderlichen Grillen wegen, kaum mehr vorstehen kann. Auch der alte Verwalter stammt

noch aus unserer Zeit — alle Andern sind neu,
der Förster sogar erst seit drei Jahren auf dem
Gute, so viel ich aber von dem Pachter gehört
habe, ein treuer und zuverlässiger Mann. Dich,
Georg, verweise ich nun hauptsächlich an den al=
ten Verwalter. Der Mann hat vielleicht manche
kleine Eigenheiten und hängt ein wenig an sei=
nem altpreußischen System — ein Hauptgrund,
weßhalb er mit dem letzten Pachter nicht sympa=
thisiren konnte — sonst aber ist er treu wie Gold
und aufrichtig und ehrlich, ohne sich je vorzudrän=
gen. Den halte Dir warm; er ist dabei ein
durchaus praktischer Oekonom, der den Boden und
seine Behandlungsart hier aus dem Grunde kennt,
und Du kannst Dich also in jeder Hinsicht auf ihn
verlassen. Aber wir sind gemeldet — die Hunde
schlagen an — ich werde Dich dem Förster als
den neuen Pachter, Herrn von Geyseln, vorstel=
len." Und seinen Arm aus dem des Bruders
nehmend, schritt er mit ihm dem Försterhause zu.

Förster Alwart war eben vom Revier herein=
gekommen, und als die Hunde laut wurden, trat
er, seine Büchse noch in der Hand in die Thür,
zu sehen, was es gäbe. Als er die Herren er=
kannte, kam er ihnen, die Mütze abziehend, ent=
gegen, und auch der alte Forstwart hatte seine

Arbeit ruhen laſſen, ohne jedoch von ſeinem Siße
aufzuſtehen. Erſt als ſich die Männer der Stelle,
wo er ſich befand, näherten, erhob er ſich lang=
ſam, ſeinen jungen Herrn zu begrüßen.

„Nun lieber Förſter,“ ſagte indeſſen der Graf
zu dem Waidmann, „hier bringe ich Ihnen den
neuen Pachter, Baron von Geyſeln, der das Gut
übernehmen wird, und ich hoffe, daß Sie gut mit=
ſammen auskommen werden. Der Baron ver=
ſteht übrigens noch nicht viel von der Forſtwirth=
ſchaft, wie er mir ſelbſt geſagt hat, und bittet Sie
durch mich, ihm da mit Rath und That an die
Hand zu gehen, das Nöthige kennen zu lernen.
Ich glaube, daß ich mich dabei auf Sie verlaſ=
ſen kann.“

„Herr Graf,“ ſagte der Jäger, „es wird mir
eine Ehre ſein, dem Herrn Baron in Allem Aus=
kunft zu geben, was ich ſelber weiß, und daß ich
mein Beſtes thun werde...“

„Davon bin ich überzeugt — ah, unſer alter
Forſtwart! — Nun, Barthold, wie geht's? Noch
immer munter und rüſtig, ſeit wir uns nicht ge=
ſehen?“

„Zu Befehl, Herr Graf,“ erwiederte der Forſt=
wart, der aufgeſtanden war und ſeine Müße ab=
genommen hatte, jetzt aber, während er mit dem

Grafen sprach, den Blick fest auf seinem Begleiter
haften ließ und nur manchmal von ihm hinüber
zu dem Grafen sah; „es geht noch immer, so wie's
eben geht. Besser natürlich nicht, mit den Jahren,
und man muß nur Gott danken, wenn's eben
nicht schlechter wird. Nur der Wald bleibt jung
— ich kenn' ihn seit meiner Jugendzeit, und er
ist seitdem wohl fester und stämmiger geworden,
aber älter — beileibe nicht."

„Ja, ja, mein alter guter Barthold," sagte
der Graf, „jünger werden wir Alle nicht — wie
alt seid Ihr?"

„Fünfundsiebenzig, im letzten Wonnemond."

„Ein schönes Alter."

„Halten zu Gnaden, Herr Graf, ein hohes
Alter ist's wohl, aber kein schönes. — Fünfund=
zwanzig, denk' ich, war doch mein schönstes —
vielleicht ist's noch länger her, aber ich habe die
Zeit nun auch bald vergessen."

„Und wie steht's mit den Wilderern und Holz=
frevlern, Barthold?"

„I nun, Herr Graf," lächelte der Alte schlau
vor sich hin, „so viel ich weiß, befinden die sich
wohl."

„So?" lachte der Rittmeister, „also es geht
ihnen gut hier?"

„Das wollte ich doch nicht damit sagen," meinte
der Alte, und aus seinen kleinen grauen Augen
blitzte ein eigenes Feuer. „Wir hier haben auch
lange nichts von ihnen gesehen, aber auf den
Nachbargütern kehren sie manchmal ein, und ist
mir nie zu Ohren gekommen, daß dort Einem ein
Schaden geschehen wäre. Den Holzlesern thun
wir natürlich nichts. Die armen Leute brauchen
im Winter auch das Bißchen Holz, und draußen
verfault's doch."

„Das ist auch nicht mein Wille," sagte freund=
lich der Graf. „Und wie ist's mit dem Wildstand,
Förster, schreien die Hirsche noch?"

„Brav," erwiederte der Waidmann; „da wir
wußten, daß der Herr Graf selber herkämen, ist
auch noch keiner das Jahr geschossen worden."

„Vortrefflich; wenn wir Zeit haben, werden
wir da nächstens einmal hinausgehen. Seyfeln,
Sie sind doch Jäger?"

„Leidenschaftlich, aber ein besserer Jäger wohl
als Schütze."

„Das lernt sich Alles, und das vielleicht am
Leichtesten; unsere Jagd ist hier nicht schlecht. Aber
da seh' ich unsere Pferde. Adieu Förster, adieu
Barthold; ich werde es Euch sagen lassen, wenn
wir herauskommen; oder noch besser, kommt mor=

gen Abend einmal hinauf auf's Schloß — ich
habe so noch Manches mit Euch zu bereden."

Und mit den Worten grüßte er die beiden
Forstleute, und wieder zu Pferde, sprengten die
Reiter auf das Gut zurück.

Der Forstwart war neben dem Förster stehen
geblieben und sah ihnen nach, so lange er sie zwischen den stattlichen Eichenstämmen mit den Augen
verfolgen konnte. Erst als sie hinter den Büschen
des Unterholzes verschwunden waren, wandte er
sich kopfschüttelnd ab und wollte eben wieder an
seine vorher verlassene Arbeit gehen.

„Nun Forstwart, Ihr schüttelt mit dem Kopfe,"
meinte da der Förster, „gefällt Euch der fremde
Pachter nicht?"

„Doch, Förster," erwiederte der Alte, „sehr
gefällt er mir, aber es kommt mir fast so vor,
als ob es kein ganz Fremder wäre."

„Nicht? — Kennt Ihr ihn von früher her?"

„Nein, Förster — ich habe sein Gesicht wohl
nie gesehen, und doch kommt es mir so wunder-
bar bekannt und freundlich vor. — Wenn ich nicht
wüßte, daß..."

„Was?"

„Oh, nichts — ist so eine alte Idee von mir.
Man bekommt auch so viele Leute im Leben zu

sehen, bis Einem die verschiedenen Gesichter zuletzt im Gedächtniß durch einander laufen. Nachher kann man sie nicht wieder auseinander herausfinden. Ich werde schon recht alt, Förster."

„Na, Ihr könnt noch immer eine Weile mit herumlaufen," lachte der Förster gutmüthig. „Mein Vater ist neunzig alt und noch so frisch auf den Beinen, als ob er kaum sechzig zählte."

„Wie Gott will," seufzte der alte Mann, ging zu seinem Sitz unter der Linde und nahm den Schwanenhals wieder auf, an dem er fortscheuerte, das Eisen blank und rostfrei zu bekommen. Leise vor sich hin summte er dazu ein altes Lied, und manchmal sprach er auch mit sich selber, aber immer nur halblaut, daß es kein Anderer verstehen konnte, und dazu nickte er zuweilen mit dem Kopfe.

Endlich war er fertig, ging in ein kleines Seitengebäude, in dem sein Zimmer lag, hing dort den Schwanenhals auf, nahm dafür seine alte einfache Flinte von der Wand, und schlenderte dann langsam, ohne sich um das für ihn bereit gehaltene Frühstück zu bekümmern, in den Wald hinein.

12

Auf Schloß Schildheim wurde jetzt ein Dop=
pelleben geführt. Aeußerlich schien es, als ob nicht
das geringste Außergewöhnliche vorginge. Was
an Feldfrüchten noch draußen war, wurde nach
und nach eingefahren. Die Knechte ritten Mor=
gens zum Ackern hinaus und kamen zum Mittag=
essen wieder heim — auf zwei Tennen wurde sogar
schon gedroschen, um das junge Korn, das heuer
noch einen guten Preis hatte, bald auf den Markt
zu bringen. Wie die Welt draußen keinen Still=
stand kennt, welchem Wechsel auch ihre einzelnen
Theile unterworfen sein mögen, so ging das We=
sen hier auch ruhig und ununterbrochen fort, welche
wichtige Veränderung auch in der innern Ver=
waltung vorgehen mochte.

Das Dienstpersonal berührte das Alles nicht;
das schaffte und arbeitete unverdrossen weiter, denn
der Lohn ging fort, die Arbeit mußte gethan wer=

den, unter weſſen Leitung das Ganze auch ſtand,
wer auch die Zügel in die Hände nahm. „Der
König iſt todt! Es lebe der König!" Das alte
Machtwort, wie dort im Großen, ſo hier im Klei=
nen übte es ſeine alte Kraft und Eigenſchaft, und
als am Abend des zweiten Tages der frühere
Pachter ſich in ſeinen Wagen ſetzte, die Leute
grüßte und zum Thor hinausfuhr, hörten die
Dreſcher einen Augenblick mit Dreſchen auf und
ſahen ihm nach; als aber der Wagen um die
Biegung verſchwand, fielen die Flegel wieder klap=
pernd im Takt ein, und der ganze Epilog, der
ihm auf der Tenne gehalten wurde, war: „Glück=
liche Reiſe, Herr Pachter — bin jetzt nur neu=
gierig, wie der neue einſchlägt."

Die erſten Tage vergingen ſo in dem Einrich=
ten des neuen Pachters, und ſelbſt Frau von
Geyſeln — wie ſich Georgine gar nicht ungern
nennen hörte; war es doch nur eine neue Rolle,
die ſie ſpielte — fand Unterhaltung darin, ſich
von der alten Wirthſchafterin, die gar geſchäftig
in den weitläufigen Gebäuden hin= und herfuhr,
in die Geheimniſſe einer ländlichen Haushaltung
einweihen zu laſſen. Sie war dabei klug genug,
der Frau zu verheimlichen, daß ſie noch gar nichts
von ſolchem Wirthſchaftsweſen verſtand, und bei

ihr vollkommen fremden Sachen fragte sie erst auf
weiten Umwegen vorsichtig herum, bis sie zum
Ziele kam und erfuhr, was sie eben wissen wollte.

Frau Sibylle fühlte sich dabei außerordentlich
geschmeichelt über das herablassende Benehmen
der gnädigen Frau, die sich natürlich nur infor=
miren wollte, wie die Sachen hier in ihrer Ge=
gend gemacht und vorgenommen würden; denn
jedenfalls hatten sie es bei ihr zu Hause ganz
anders, nur lange nicht so gut und zweckmäßig
betrieben. Die Wirthschafterin wollte sie auch
überhaupt sehen, die so gute Käse machte wie sie,
die solch' fette Butter lieferte, deren Kühe so fette
Milch gäben, und was das Trocknen von Obst,
das Räuchern von Fleisch, das Einmachen von
Kraut und Gurken betraf, da suchte sie ihren
Meister. — Und wie vornehm sah die neue Frau
Pachterin dabei aus! was für feine Hände hatte
sie, und wie lief sie mit den blankgewichsten, pa=
pierdünnen Schühchen so keck mit durch alle Ställe
und in Milch= und Käsekammern, auf Rauch= und
Trockenböden! und kannte sie nicht schon am ersten
Abend fast alle Kühe bei Namen, nach der Reihe
her? Selbst in den Pferdestall, obgleich sie da
eigentlich nicht hingehörte, war sie gleich am ersten
Morgen gegangen und hatte gefragt, wie die

Thiere behandelt würden und wie viel Futter sie
bekämen — und vor den Pferden fürchtete sie sich
nicht so viel!

Georg indessen, der, wenn auch mit stiller, doch
inniger Freude dem wirthschaftlichen Leben seiner
Frau aus der Ferne zusah, hatte selber alle Hände
voll zu thun, die kurze Zeit zu benutzen, die sein
Bruder noch bei ihnen auf dem Gute zubringen
konnte, um so viel wie möglich von dem Verwal-
tungswesen eines solchen Gutes zu lernen. Die
Zeit war doch so kurz und gar so Mancherlei dabei zu erfragen, was sich durch Erfahrung gewöhnlich nur mit Schaden lernen läßt. Aber er hatte
den festen, männlichen Willen, sich in dieses neue
Leben einzuarbeiten, und Wolf war unermüdlich,
ihm, was er selber darüber wußte, mitzutheilen.

Der Einzige, der, wenn auch nicht theilnahm-
los, doch vollkommen unthätig dem ganzen Treiben
und Schaffen zusah und Alles ruhig an sich vor-
übergleiten ließ, war der Alte — Georginens
Vater, der unter seinem wirklichen Namen Mühler
eingeführt war, und auch keine weitere Auszeichnung
beanspruchte, als daß man ihn eben zufrieden ließ.
Er glich dabei einem Manne, der nach harter Anstrengung und Arbeit längere Ferien angetreten
und vor der Hand auch weiter keinen Zweck hatte,

als sich recht ordentlich und gründlich auszuruhen.
Er schlief gewöhnlich bis Morgens acht oder neun
Uhr, frühstückte dann mit den Kindern auf seinem
Zimmer, machte einen Spaziergang mit ihnen nach
dem Walde zu, kam Mittags wieder nach Hause,
aß sehr stark und verträumte dann seinen Nach=
mittag in ähnlicher Weise, wie er den Vormittag
durchgebracht hatte.

Georg sah nun wohl ein, daß dieses Nichtsthun
auf die Länge der Zeit nicht ausführbar sein würde
und einer, wenn auch geringen, doch festen Thä=
tigkeit weichen müsse. Für jetzt ließ er den Alten
aber gewähren, eines Theils, weil er zu viel zu
thun hatte, sich mit ihm abzugeben, andern Theils,
weil er hoffte, daß sein Schwiegervater endlich
selber zu ihm kommen würde, ihn um irgend eine
Beschäftigung zu bitten. Selber an Thätigkeit ge=
wöhnt, hielt er es nicht für möglich, daß sich ir=
gend ein Mensch an einem solchen Leben lange
freuen könne.

Die Kinder befanden sich jedenfalls am Wohlsten;
denn ganz ungewohnt, so wie hier in der freien,
schönen Natur zu schwelgen, mit dem grünen Ra=
sen unter, den breitästigen Bäumen über sich,
sangen und hüpften sie mit den Vögeln draußen
um die Wette und schienen am Raschesten das

früher geführte Leben vergessen zu wollen. Nur
die eine Angst hatte Georg, daß sie auch am Leich=
testen und Unbefangensten ihren frühern Stand
ausplaudern würden, und obgleich ihnen, selbst
von der Mutter, auf das Strengste eingeschärft
war, mit Niemandem, wer es auch sei, darüber
zu sprechen, erhielt der alte Mühler noch besonders
den Auftrag, darüber zu wachen, daß dieses Ver=
bot nicht übertreten würde — und daß es ein
nothwendiges sei, wußte er am Besten.

Wolf von Geyerstein, mit dem Charakter von
Georg's Frau jetzt genau bekannt, fühlte, daß ihr,
besonders in der ersten Zeit, in diesem einförmi=
gen Leben auch etwas geboten werden mußte, sie
zu unterhalten, und beschloß, ehe er wieder in die
Residenz zurückkehrte, sie bei einigen der Nachbarn,
mit denen er selber befreundet war, einzuführen.
Daß sie diesen gefallen würde, daran zweifelte er
keinen Augenblick, und einmal in bessere Gesell=
schaft gebracht, als sie bisher gekannt hatte, ließ
es sich auch denken, daß ihr Stolz darin Befrie=
digung und sie sich selber, wenn auch nicht glück=
lich, doch zufrieden fühlen würde.

Damit verging wieder eine Woche, und Georg
und Georgine wurden überall, schon in Rücksicht
auf den allgemein beliebten Grafen, mit offenen

Armen empfangen, ja, für den Winter die ver=
schiedenften Pläne entworfen, wie man häufiger
zusammenkommen, geselliger leben wolle.

Graf von Geyerstein fühlte damit eine große
Laft von seiner Seele genommen, denn er hatte
jetzt die feste Hoffnung, daß der Bruder von
Seiten seiner Frau keinen so harten Widerstand
mehr würde zu bekämpfen haben, — und erft
einmal ein halbes Jahr nur hinter sich, und das
Schwierigste war überwunden. Ein besonders
drückendes Gefühl blieb es ihm nur in dieser gan=
zen Zeit, und zwar weniger in Gegenwart von
Fremden, als der Georginens, gegen den Bruder
kälter zu scheinen, als sein Herz sprach, ja, ihn
als einen Fremden zu behandeln. Der durch ihr
Mißtrauen scharfsichtigen Frau war dabei der Zwang
nicht entgangen, den er sich augenscheinlich anthat.
Vergebens hatte sie aber bis jetzt durch Anspie=
lungen versucht, ihn zum Reden zu bringen. Sie
fühlte, daß die beiden Männer ein Geheimniß
vor ihr hatten, und that, wenn auch ohne Erfolg,
ihr Möglichstes, dieses zu lüften.

Graf Geyerstein mußte nach Schwerin, um
die Papiere des jetzigen Barons von Geyfeln,
die er durch seinen Einfluß in *** erhalten hatte,
dort vorzulegen. Dadurch entzog er ihn allen

weiteren Umständen und beugte möglicherweise
daraus entstehenden Schwierigkeiten vor.

Es giebt nun einmal in unserem gar künstlich ein-
gerichteten Staate eine Menge von Formalitäten, die
beachtet sein wollen, die sich aber, wo ihnen irgend ein
Einfluß entgegentritt, auch immer sehr leicht als
bloße Formalitäten behandeln lassen — man muß
nur eben wissen, wie man es anzugreifen hat.
Graf Geyerstein war auch dazu der richtige Mann;
er hatte in der Residenz Verbindungen genug,
sich das zu erleichtern, und wußte, daß nur eben
seine Gegenwart dort nöthig war, die Sache rasch
und mit günstigem Erfolg zu beseitigen. Er kannte
aber auch den Zeitverlust, der bei allen mit den
Gerichten zu verhandelnden Gegenständen unaus-
bleiblich war, und durfte deßhalb nicht zu lange
säumen, um seinen Urlaub nicht zu überschreiten.
Von Schwerin aus wollte er dann direct nach
Hause zurückkehren.

Es war der letzte Abend, den er bei ihnen in
der breiten, geräumigen Stube saß, in deren Ofen
schon, der vorgerückten Jahreszeit wegen, ein lusti-
ges Feuer knisterte. Das Wetter draußen hatte
sich kalt und unfreundlich gestaltet, der Regen
schlug an die Fenster, und der Wind heulte draußen durch die Wipfel der alten Linden und warf

die schwanken Pappeln in seinem tollen Spiele
herüber und hinüber.

An dem heutigen Tage war eine von dem
Grafen verschriebene Erzieherin — eine junge Fran=
zösin aus guter Familie — eingetroffen, die von
jetzt an Josephinens Ausbildung übernehmen sollte.
Georgine hatte vorher nichts davon gewußt und
war damit, aber nicht unangenehm, überrascht
worden, denn an dem Kinde hing ihr ganzes Herz.
Klug genug, dabei einzusehen, daß Josephine nicht
zu viel lernen könne, fürchtete sie aber doch auch
wieder, daß dies am Ende ein neues Band wer=
den könne, sie an dieses ruhige Leben zu fesseln
und ihren eigenen Hoffnungen und Plänen zu
entziehen. Aber ein Kind des Augenblicks, wie
sie es ihr ganzes Leben gewesen, tröstete sie sich
auch hierin mit der Gegenwart. Sie selber wollte
erst sehen und prüfen, und das Andere fand sich
von selber früh genug.

Josephine war mit ihrer neuen Erzieherin in
das ihnen angewiesene Zimmer, der alte Mühler
mit dem Knaben auf seine Stube gegangen, —
doch hatte der Rittmeister auch für diesen schon
gesorgt und mit seinem Bruder Rücksprache ge=
nommen, daß er in nächster Zeit der ausschließ=
lichen und für ihn nicht wohlthätigen Gesellschaft

des alten Mannes entzogen werden solle. Nur allmählich durfte das geschehen, um Georginen in ihrem Vater nicht zu sehr zu kränken.

Das Essen war abgeräumt, die beiden Män= ner arbeiteten noch mit dem Verwalter zusammen, das Nöthigste für die nächste Zeit zu besprechen und festzustellen, und Georgine lehnte auf dem Sopha und las — hatte wenigstens ein Buch in der Hand, denn ihre Augen flogen immer und immer wieder nach der Gestalt des Grafen hin= über, der in einem einfach grauen, aber militai= risch zugeschnittenen Rocke neben ihrem Gatten saß und mit ihm die Wirthschaftsbücher durchging.

Endlich war Alles besorgt, der Verwalter em= pfahl sich, die Bücher wurden weggelegt — es mußte schon elf Uhr sein — und Graf Geyer= stein erhob sich ebenfalls, um sein Lager aufzu= suchen.

„Unser trockenes Gespräch und Geschäft wird Sie gelangweilt haben," sagte er, als er zu Geor= ginen trat, ihr gute Nacht zu bieten — „aber morgen sind Sie dessen enthoben, und Ihr Gatte wird schon Alles thun, was in seinen Kräften steht, Ihnen das Leben hier angenehm und lieb zu machen."

„Herr Graf," sagte das schöne Weib, indem

sie aufstand und ihm entgegentrat, „ich bin schon
einmal von Ihnen mit einer Bitte abgewiesen
worden, aber jetzt weichen Sie mir nicht mehr aus.
Fremde Ohren hören uns nicht, also beantworten
Sie mir wahr und offen nur die eine Frage:
Wem verdanken wir den Antheil, den Sie uns
gezeigt?"

„Madame..."

„Halten Sie es nicht für leere Neugierde," fuhr
die Frau fast bewegt fort, „es ist mehr als das.
Sie haben sich uns mit einer Aufopferung ge-
widmet, die für einen Fremden unerklärlich ist.
Sie sorgen für unser Wohl, wie kaum ein Bruder
für uns sorgen könnte — Sie denken auf das
Kleinste, wie auf das Größte, Sie müssen sogar
Bertrand mit Geldmitteln unterstützt haben, er
wäre sonst nicht im Stande, troß dem, was uns
noch von dem Verkauf der Pferde geblieben, und
was ich genau taxiren kann, ein solches Anwesen, wie dieses, auf dem wir uns jetzt befinden,
zu übernehmen und so dabei zu leben, wie Sie
es für uns in Absicht zu haben scheinen. Daß dem
Allem ein Geheimniß zu Grunde liegt, haben Sie mir
schon dadurch zugestanden — daß Georg ein Anderer ist, als er sich mir gezeigt. Sie mußten
mir so viel eingestehen, denn Sie fühlten, daß es

zu unwahrscheinlich bleiben würde, den Grafen als einfachen Freund und Protector des Seiltänzers hinzustellen — auch unser Namenswechsel zeigt das an. Aber selbst dieser ist noch darauf berechnet, mich irre zu führen — vollenden Sie deßhalb — behandeln Sie mich nicht länger als eine Fremde — lassen Sie mich wissen, wem wir diese Aufopferung verdanken — welches der wahre Name und Rang meines Mannes ist, und ich werde dann Alles, was in meinen Kräften steht, thun, Sie zu unterstützen. Verweigern Sie mir aber meine Bitte — wollen Sie mich als eine Fremde betrachtet wissen, so — könnte ich mich an nichts gebunden halten."

„Georgine," sagte Georg mit leisem Vorwurf im Ton, „ist es recht, daß Du in den Mann, den Du selber unsern Wohlthäter nennst, mit solchen Fragen dringst?"

„Wohlthäter?" rief das schöne Weib, sich stolz emporrichtend, „den Namen leugne ich. Der Wohlthaten waren wir nie bedürftig, sind es noch nicht, denn frei wie der Vogel in der Luft zogen wir unsere Straße, erwarben, was wir gebrauchten, ja, mehr als das, und durften Niemandem dafür danken, als unserer eigenen Kraft. Das auch ist es allein, was mir jetzt am Leben zehrt, daß ich

nicht mehr mein eigen Brod verdienen soll, daß
ich dem Manne — daß ich einem Fremden dafür
danken muß."

„Nicht doch, gnädige Frau," sagte der Graf
ernst, „so viel wie je werden Sie jetzt dazu bei=
tragen müssen, Ihr Brod, wie Sie es nennen, zu
verdienen. Bei einer solchen Wirthschaft ist nicht
allein der Mann, der draußen die Felder baut,
der Ernährer und Erhalter, sondern eben so viel
die Frau, die daheim den Viehstand überwacht,
das ganze innere Hauswesen besorgt und in Ord=
nung hält. Glauben Sie mir, daß bei einem
solchen Gute fast mehr von der Tüchtigkeit der
Frau, als von der des Mannes abhängt, und
haben Sie auch noch in diesem Augenblicke nicht
alle dazu nöthigen Kenntnisse, so wird es Ihnen,
mit nur einigem guten Willen, nicht schwer fallen,
sich die anzueignen."

„Und weßhalb nennen Sie mich „gnädige Frau?"
— Wir sind hier unter uns, und Sie wissen, daß
mir der Titel nicht gebührt."

Graf Geyerstein hatte mit sich geschwankt. Auf
die erste, fast herzliche Anrede der Frau war er
— uneinig mit sich, ob es zum Guten oder Bösen
führen könne — schon fast geneigt gewesen, Georgi=
ginen, gegen seine frühere Absicht, in sein Ge=

heimniß einzuweihen. Ihre letzte, halbverstedte
Drohung, ihr zorniges Auffahren jedoch zerstörte
den guten Eindruck wieder, den ihre ersten Worte
gemacht. Wer bürgte ihm dafür, daß die Frau
nicht doch über kurz oder lang — und wenn sie
wußte, wer ihr Gatte war — zu dem alten lieb-
gewonnenen Leben zurückkehren könne, und dann
war ihrem leichtfertigen Gutdünken das Geheimniß eines edlen Hauses unwiederbringlich anver-
traut. So viel aber fühlte er, etwas mußte ihr jetzt
geboten werden, sie wenigstens vor der Hand zufrieden zu stellen, denn sie durfte nicht gereizt und
zum Aeußersten getrieben werden. Mit ruhiger
Stimme sagte er deßhalb: „Im Gegentheil, gnädige Frau, ich weiß, daß er Ihnen gebührt, Sie
haben recht; ich kenne Ihren Gatten von früheren Zeiten her. Wir waren, wie ich Ihnen schon
gesagt, Jugendfreunde, ich kenne seine Familie,
und weiß, wie unglücklich sich diese fühlen würde,
ihn in eine Laufbahn geworfen zu sehen, die —
Sie mögen dafür noch so sehr eingenommen sein
— seinem Stande nicht entspricht. Ich selber ver-
sichere Ihnen aber jetzt, ich handle in dem, was
ich scheinbar für Sie thue, nicht in meinem Namen allein, sondern in dem seiner Familie, in
die Sie selber einst aufgenommen werden können

— wenn Sie Ihr früheres Leben eben vergessen
wollen. Denken Sie dabei an Ihr Kind — den=
ken Sie, welchen verschiedenen Rang Josephine
einst im Leben einnehmen wird, als Baroneffe
und als Kunstreiterin. Denken Sie daran,
daß Sie jetzt noch im Stande sind, durch Fleiß
und Sparsamkeit ihr auch die Mittel dazu zu ver=
schaffen, und ich bin überzeugt, Sie werden Ihre
neuen Verhältnisse im Leben nicht allein mit an=
deren Augen ansehen, sondern Ihrem Gatten auch
danken, der Muth und Selbstbeherrschung genug
hatte, einem augenblicklichen und doch nur sehr
zweifelhaften Ruhme zu entsagen, um in stiller
Zurückgezogenheit für Sie und sein Kind zu wir=
ken, und sich später mit seiner Familie wieder aus=
zusöhnen."

„Und seine Familie heißt in der That Gey=
feln?" fragte Georgine gespannt.

„Ihr Gatte heißt Georg von Geyfeln," erwi=
derte ernst der Graf, „und ich bin fest überzeugt,
daß es Ihnen genügen wird, wenn Sie wissen,
daß er Titel und Namen mit Recht führt."

„Und wenn es mir nicht genügte?" sagte
Georgine.

„Es wird Dir genügen," erwiderte hier, an
des Grafen Stelle, Georg mit finsterem Blicke.

„Herr Graf, verzeihen Sie der tollen Neugierde
einer Frau, die bis jetzt nur zu sehr gewohnt war,
ihren eigenen Launen und Neigungen zu folgen.
Aber ihr Herz ist gut und ihr Verstand klar; sie
wird in kurzer Zeit einsehen lernen, wie thöricht
sie gehandelt hat, auf so kindische Weise in Sie
zu bringen. Es ist spät, lassen Sie uns zur Ruhe
gehen, denn Sie müssen morgen früh aufbrechen,
um den Ort Ihrer Bestimmung zu erreichen. Daß
ich Ihnen dann bald recht gute und erfreuliche
Nachrichten über uns Alle geben kann, ist mein
heißer Wunsch, meine feste Hoffnung.“

„Und hoffen Sie das auch, gnädige Frau?“

„Ja,“ sagte Georgine, ihre Rechte in die dargebotene Hand des Grafen legend — es war das
erste Mal, daß er sie ihr bot — „ich will sehen,
ob ich mich, wie mein Mann hofft, bessern kann;
sonst verspreche ich vor der Hand noch nichts.“

„Auf gute Besserung denn,“ lächelte der Graf,
hob die Hand Georginens leise an seine Lippen
und verließ, nach einem herzlichen Händedruck
Georg's, rasch das Zimmer.

Ende des ersten Bandes.

Druck von G. Pätz in Naumburg.

www.ingramcontent.com/pod-product-compliance
Lightning Source LLC
Chambersburg PA
CBHW030118030726
47498CB00007B/2444